RAMPA

Romance

Outras obras da autora

Rampa (romance)
Encurtando a adolescência
Educar sem culpa
Sem padecer no paraíso
Limites sem trauma
Escola sem conflito
Os direitos dos pais
O professor refém
Diabetes sem medo (Editora Rocco)
A escola em Cuba (Editora Brasiliense)
O desmaio do beija-flor (infantil)
O mistério da lixeira barulhenta (infantil)
A visita da cigarra (infantil)
O macaquinho da perna quebrada (infantil)
O estranho sumiço do morcego (infantil)
A espetacular fuga de Mini (infantil)

Tania Zagury

RAMPA

Romance

6ª edição

EDITORA RECORD
RIO DE JANEIRO • SÃO PAULO
2015

CIP-Brasil. Catalogação-na-fonte
Sindicato Nacional dos Editores de Livros, RJ.

Zagury, Tania, 1949-
Z23r   Rampa / Tania Zagury – 6ª ed. – Rio de Janeiro:
6ª ed. Record, 2015.

1. Romance brasileiro I. Título.

                                      CDD – 869.93
97-0319   CDU – 869.0(81)-3

Copyright © 1997 by Tania Zagury

Texto revisado segundo o novo Acordo Ortográfico da Língua Portuguesa.

Direitos exclusivos desta edição reservados pela
EDITORA RECORD LTDA.
Rua Argentina 171 – 20921-380 Rio de Janeiro, RJ – Tel.: 2585-2000

Impresso no Brasil

ISBN 978-85-01-04811-0

Seja um leitor preferencial Record.
Cadastre-se e receba informações sobre nossos
lançamentos e nossas promoções.

EDITORA AFILIADA

Atendimento e venda direta ao leitor:
mdireto@record.com.br ou (21) 2585-2002.

Ao Renato e Roberto Luís, meus filhos, a quem espero haver transmitido a empatia e o amor ao próximo.

"... Pai, não permitais que me julguem, sem que caminhem sete dias e sete noites com as minhas sandálias..."

prece sioux

À ANA MIRANDA, pelo carinho do incentivo, pelas incríveis contribuições e observações admiráveis na leitura do original e, principalmente, por me ter feito acreditar nesta possibilidade.

Capítulo I

— Cheguei! Ana, já cheguei!

Alberto tentou imprimir uma entonação alegre à voz. Tinha sido um dia difícil. Aliás, agora, cada novo dia tornara-se o mais difícil dos dias.

Àquela hora, quase na penumbra, a pequena sala de estar parecia menos desgastada do que na realidade estava. Há uns cinco anos era até bem aconchegante, arrumada ao gosto feliz de Ana, com as duas poltronas de braços altos, muito fofas, num verde escuro e o sofá de três lugares, em um brique fechado. O tapete estampado de verde e rosa, com pequenos buquês no tom maravilha do sofá — ela gostava de ser arrojada no vestir e no combinar cores na decoração: todos tinham achado estranho quando fizera um vestido azul-marinho e amarelo, e outro em marrom e vermelho — mas depois renderam-se ao bom gosto indiscutível. Eram esses pequenos detalhes que davam, até aos seus gestos, personalidade própria, pensou. Muitas amigas vinham, com frequência, pedir sugestões sobre os mais diversos assuntos. Estava sempre disponível para ajudar. Muitas vezes Alberto lhe dissera que deveria tornar suas habilidades em algo rendoso para a família, mas ela argumentava que cuidar das crianças, da casa e dele já lhe tomava todo o tempo disponível. Ele cedia então.

Uma pequena mesa lateral e uma de centro, o abajur de pé para as leituras e a televisão ao centro, num local de honra, para que de qualquer lugar se pudesse ter uma boa visão, compunham quase todo o mobiliário. Sorriu pensando que a televisão era a rainha da casa nos últimos tempos; em frente a ela se reuniam para comer, com os pratos feitos às pressas nas mãos, os copos apoiados nas mesinhas laterais. Adorava ter a casa sempre linda e em ordem. Dizia: "Se sujar, não poderemos trocar, e custou tanto comprar estes..." Mas ao fim das repetidas investidas das crianças e dele próprio, acabara vencida e agora também juntava-se a eles naqueles momentos descontraídos em que pouco a pouco, olhos grudados na telinha, iam colocando os assuntos em dia, relatando desacertos, dificuldades e as pequenas vitórias ocorridas durante a jornada de trabalho.

Quando menores, as crianças traziam os brinquedos ou os deveres para fazer no chão, de forma a que ficassem grudadinhos nos pais como gostavam. Às vezes, ou melhor, quase sempre, interrompiam as conversas com suas historinhas simples e ingênuas que muitas vezes o irritavam. "São crianças, não podem ter assunto de adulto, querido. E depois, se não deixarmos que conversem conosco, como iremos ter diálogo com elas, mais

tarde?" Era a voz da razão, o que o deixava ainda mais irritado. Por que ela era tão racional? Gostaria que ela estivesse sempre do lado dele. Mas não: era justa e equilibrada. Jamais entendera e jamais entenderia os ciúmes que sentia do tempo e atenção que dividia com as crianças. Droga, ele queria exclusividade. Mas ela nunca aceitara isso. Afinal, eram filhos deles!...
Alberto e Ana, água e vinho: como conviviam há tantos anos? Sentiu-se aliviado por não encontrar ninguém em casa. Precisava de uma boa meia hora para se recompor e, então, conseguir afivelar de novo a máscara habitual de bom humor e jovialidade que, ao longo dos anos, constituíra sua marca registrada. Não, ninguém jamais suporia que vivia angustiado. Sem dúvida, todos acreditavam no seu permanente sorriso, na tranquilidade que demonstrava. Nem mesmo ele próprio seria capaz de dizer quando algo internamente se quebrara. Suspirou. Colocou a pasta em cima da mesa da cozinha, tirou os sapatos como fazia sempre que chegava em casa. Adorava ficar descalço. Parecia mais livre quando sem os sapatos. Sorriu. Bebeu um copo de água. Está com gosto de barro, pensou contrariado. Sentiu-se cansado e mal-humorado. Resolveu tomar um drinque enquanto esperava o pessoal. Na sala, a garrafa de uísque esquecida em cima do pequeno aparador refletia os tons dourados de um último raio de sol. Sentou-se no sofá. Esticou as pernas por sobre a mesinha de centro. Tentou ler o jornal, enquanto, sem pressa bebericava pequenos goles. Diabo, como é ruim. Parece perfume na boca... Jamais gostara de bebidas. Riu de si mesmo. Nos últimos tempos, porém, agradecia o leve relaxamento que conseguia ao ingerir qualquer tipo de alcoólico. Começara também a fumar, de forma moderada é verdade, mas fumava há três anos. "O tempo que já dura a crise", reconheceu.

Pegou o jornal. Tentou ler as primeiras notícias, mas foi pouco a pouco relaxando, até afinal adormecer, com a cabeça pendendo na lateral do encosto do sofá.

Foi assim que Ana o encontrou ao chegar com as crianças em casa. Ela estava num humor péssimo, mas tratou de disfarçar, porque sabia que, àquela hora, Alberto já teria chegado. E não queria, em hipótese alguma, que ele a visse sem a costumeira risada e o otimismo diários. As compras tinham sido reduzidas à metade, devido a alta generalizada dos preços. Desistira de quase tudo que separara no carrinho do supermercado. Comprara apenas metade do essencial, trocara marcas melhores por outras mais baratas. Mesmo assim, por duas vezes, tivera que refazer a soma com a moça da caixa, porque o dinheiro não fora suficiente. Isso havia provocado uma fila enorme, com as consequentes reclamações e desaforos. O caixa portava-se como uma madame da classe A. Ficara olhando com desprezo para ela, que, suando em bicas, atrapalhada, retirava alguns produtos do carrinho, tentando ver quantos poderia levar, quais os imprescindíveis. Repetira a operação várias vezes, sob o olhar trombudo da moça. Quem ela pensa que é?, surpreendeu-se pensando em meio à confusão formada. Deve ganhar salário mínimo e fica com esse ar de rainha olhando a plebe. Aí acontecera o pior: ficara tão nervosa e descontrolada, que quando afinal entregara o cheque, não esperara a liberação do mesmo, nem dera a carteira de identidade para as anotações de praxe. Fora saindo, rápido, com as crianças. A moça da caixa, que já antipatizara com ela pela demora, sinalizou aos seguranças do supermercado, que acorreram de imediato. Longe de supor que fosse algo com ela, continuara andando em direção à saída, o que os deixou sobressaltados, pensando que fosse fugir com as mercadorias, imagine! Logo ela... Uma vergonha. Sacaram revólveres, obrigaram-na a parar, a voltar e apresentar os documentos. As crianças ficaram apavoradas, começando a chorar e a falar, inseguras, puxando-a pela saia, enquanto as pessoas começavam a se voltar, atraídas pelo som das vozes alteradas, agrupando-se, perguntando umas às outras "o que foi?, o que aconteceu? que que ela fez? roubou? com duas crianças?" Logo, partidos estavam formados: uns opinando contra a agressividade dos guardas, outros achando que *o mundo está perdido*, que *as mães de hoje dão cada exemplo para os filhos* e coisa e tal... Não conseguira, de imediato, entender o que estava se passando e muito menos que era com ela e sobre ela que recaíam as dúvidas e suspeitas daquelas pessoas. Quando compreendeu, exaltou-se, falou, gritou, mandou chamar o gerente, bateu boca com a mulherzinha intransigente e vingativa da caixa, terminou chorando e tremendo como vara verde, para seu maior desgosto. Sem dúvida, o maior ultraje que já sofrera, porque jamais fora capaz nem mesmo de colar na escola. Mas agora, aquele momento era o primeiro em que percebia que isso não estava escrito na sua testa, nem no seu rosto. Ficara tão humilhada... As crianças tão assustadas! E ainda brigara com elas, obrigando-as, à custa de uns beliscões, a pararem com as mil perguntas que lhe faziam sobre o incidente. Fora um tumulto infernal. Afinal, conseguira esclarecer os fatos e todos lhe pediram desculpas, menos a mocinha da caixa, óbvio! Que ódio... Saíra de lá chorando, revoltada, mais ainda pelo fato de se ter descontrolado tanto. Não gostara nada de ter dado tal prazer àqueles loucos. Sentira-se mais tranquila chegando em casa. Ali era o seu refúgio, o local onde se sentia protegida, em segurança. Nos últimos anos, começara a sofrer uma modificação profunda no modo de encarar a vida, as pessoas, a sociedade. Tornara-se mais desconfiada, mais temerosa, menos idealista.

Agora, porém, não havia tempo para altas reflexões; precisava preparar o jantar, ajudar as crianças nas tarefas da escola, ver por onde andaria o Alberto. Sim, melhor não pensar; tomou um copo de água e começou a guardar as compras quando o caçula, Bernardo, irrompeu na cozinha, gritando:

— Mãe! Papai tá dormindo no sofá. Tá de boca aberta e derrubou o copo de uísque no chão! — ria a mais não poder.

Afinal, era delicioso flagrar um adulto cometendo falhas pelas quais as crianças costumavam levar broncas.

Ana largou tudo e dirigiu-se à sala. Era verdade. Alberto dormia. Demorou-se a observá-lo. Não era propriamente bonito. Charmoso, talvez. Engraçado. Quando o conhecera, achara-o uma beleza, muito atraente mesmo. Agora, passados dez anos de vida em comum, parecia-lhe estranho que algum dia o tivesse achado bonito. Não era alto, sua estatura mediana parecia ainda menor, devido à crescente barriga que vinha surgindo com o passar do tempo. Os olhos eram sérios, de um verde desmaiado, quase sem cílios. Mas o olhar era intenso. Isso — sem dúvida, pensou. Denunciavam a pessoa correta, honesta, limpa. Falava sempre de frente, olhos nos olhos, como se tentasse ver mais a fundo, cada vez mais a fundo o interlocutor. A boca era bonita, bem desenhada, mas ao nariz faltava um pedacinho na ponta, arredondando-se subitamente. O cabelo castanho tinha sempre um brilho dourado em certos ângulos. No todo era uma figura simpática, sempre muito arrumada, a camisa colocada de forma impecável por dentro da calça, os tons combinando entre si na indumentária. Era um homem vaidoso, sem exageros. Mas a vaidade, refletiu ainda Ana, centralizava-se antes na convicção e no orgulho de ser um homem íntegro, trabalhador, incorruptível. Essa aliás era sua principal característica — durante toda a vida jamais abrira mão dos seus princípios, dos valores que aprendera com o pai. Acreditava e orgulhava-se deles. Talvez daí é que tivesse surgido aquele jeito de andar, ereto, até meio empertigado, com as costas sempre bem colocadas, os ombros discretamente jogados para trás. Era a imagem do homem que acreditava em si e no que defendia, pensou. No entanto, observando-o agora, mais de perto, adormecido e sem defesa, pôde detectar alguma coisa diferente no seu semblante e que nos últimos atribulados meses lhe escapara. Mesmo dormindo, pequenas rugas de expressão marcavam-lhe o contorno dos lábios, como se os estivesse forçando a permanecer fechados, a não deixar escapar palavras que o pensamento desejava fazer surgir, mas que obrigava a que permanecessem impronunciadas, engolidas pela ação firme de uma decisão consciente. O esforço continuado, porém, marcara de forma indelével a epiderme, antes sem vestígios de uma amargura que se acentuava se se observasse os dois sulcos já visíveis entre as sobrancelhas. Ana sentiu uma enorme tensão, um sentimento confuso, misto de amor, amizade e piedade. Mas, sem saber bem por quê, reprimiu o primeiro impulso de aproximar-se e acarinhá-lo. Pensando bem, seria uma atitude mecânica, fruto do hábito. Suspirou, voltando-se para a porta que separava a sala do quarto dos meninos. Não sentiu vontade de acordá-lo, como sempre fizera. Quando chegavam em casa, logo procuravam um ao outro começando então as conversas, as andanças atrás um do outro todo o tempo, a trocarem impressões, ideias, relatos de todos os episódios do dia a dia, até que os esgotassem por inteiro e sentissem como se um estivesse estado junto ao outro, todo o tempo. Isso até algum tempo atrás, pensou Ana, com um sentimento de perda incomodando-a. Apesar disso, não sentiu vontade de superar o pequeno espaço entre os dois, nem de acordá-lo com beijinhos, coceguinhas ou alguma brincadeira amorosa, como era seu jeito. Sendo sincera consigo própria, preferiu mesmo que estivesse dormindo e não a surpreendesse, como ela fizera, sem nenhuma defesa, exibindo na face todas as decepções que a vida aí imprimira.

Caminhou, pé ante pé, até chegar ao quarto dos meninos, com tanta cautela quanto possível; dir-se-ia, quem a visse, que disso dependia todo o seu futuro, toda a sua vida.

Capítulo II

— Mãe, mãe! Olha o desenho que eu fiz!

A voz aguda e exigente do menino fez com que ela despertasse, voltando à realidade. Olhou a carinha ansiosa com amor. Ele era mesmo uma criança muito esperta. Tinha apenas quatro anos, era o caçula e nascera pouco antes que a vida deles começasse a desmoronar. Era vivo, inteligente e muito bonito, olhos e cabelos escuros, boca e nariz bem-feitos, pele morena numa figura esguia e longilínea. Estava já quase da altura da irmã, que com sete anos teimava em não crescer.

Elogiou os rabiscos, fez-lhe um agrado e foi preparar o jantar.

Aquela noite, mais uma vez como nas últimas semanas ou meses — Ana já não sabia mais — comeram em silêncio. Parecia que temiam começar a desfiar, um para o outro, as frustrações daqueles dias. Apenas as crianças interrompiam suas meditações, com observações sobre a comida e as briguinhas rotineiras. Nestes momentos, eles esforçavam-se por demonstrar alegria e naturalidade, atendendo-as, embora soubessem que o faziam de forma mecânica e sem entusiasmo.

Quando as crianças referiram o incidente do supermercado, Ana, embora com muito esforço, conseguiu controlar-se, e, aparentando indiferença, relatou o ocorrido, minimizando-o. Afinal, não era justo preocupá-lo com coisas já resolvidas. Ela, além disso, tinha também um estranho pudor em desnudar seus sentimentos com qualquer pessoa. Mesmo com ele, preferia que não a soubesse em situações que a desfavoreciam. E, para ela, essa era uma das tais situações: uma mulher chorando descontrolada num supermercado, frente a duas crianças pequenas e apavoradas, que dela esperavam segurança. Não, sem sombra de dúvida, não era essa a imagem que gostaria de deixar transparecer. Melhor não expor tanto as próprias fraquezas.

Terminada a refeição, com as crianças na cama, foi arrumar a cozinha, enquanto Alberto dirigiu-se de novo à sala, sentando-se frente à televisão. Na verdade, fingiu assistir, enquanto em pensamento repassava os últimos três anos de vida em comum. Não sabia bem desde quando, mas algo mudara entre os dois. De sua parte, acreditava, vinha fazendo tudo para manter as coisas bem — não trazia para Ana os problemas do trabalho que tanto o afligiam no momento; procurava chegar alegre e descontraído, para preservar a casa, a família. Orgulhava-se disso, dessa sua capacidade de deixar os problemas fora do âmbito doméstico. As mulheres são frágeis. Para que contar certas coisas, que só iriam trazer preocupações? A crise passaria e logo, logo, tudo estaria bem. Por quê, então, preocupar a mulher tão boa, alegre e dedicada? pensou, com uma ponta de ressentimento. Apesar de todo seu esforço, sentia a relação ameaçada, sem saber ao certo em quê.

Frente à pia, Ana lavou os pratos sem ver, cismando sobre a estranha sensação que lhe causava, ultimamente, a proximidade do marido. Eram tão apaixonados há poucos anos, e de repente parecia-lhe que, dia a dia, ficavam mais e mais distantes. De sua parte não tinha culpa. Quanto a isso, tinha certeza. Afinal, poupava-o de todas os aborrecimentos, não reclamava de nada. Só lhe passava coisas boas, à noite, quando se encontravam. Os problemas relacionados com as crianças eram todos resolvidos por ela, que só deixava chegarem a Alberto as vitórias, conquistas e progressos que faziam. Assim, ele não se aborrece, pensava satisfeita. De modo que, cismava ela, por que essa estranha sensação de vazio a cada noite? Conversavam ainda, como sempre tinham feito nestes dez anos. Mas o diálogo não progredia. Ao final de algum tempo, curto, acabavam ensimesmados, assistindo à televisão até que ele adormecia no sofá e ela, logo depois, o acordava: Querido, não quer dormir na cama? Vai lhe fazer mal à coluna...

E, invariavelmente, ele a beijava e ia.

Todos os dias, todas as noites. Há três anos. Nunca haviam falado sobre o assunto. Esperavam — ambos — a crise passar, lutando, cada um a seu modo, para que a harmonia familiar não fosse alterada.

Sim, haveria de passar, pensou Ana, sem conseguir evitar um incômodo lampejo de dúvida no espírito.

Capítulo III

Acordou cedo e encontrou Ana já atarefada, arrumando a mesa do café, os uniformes das crianças, as mochilas e merendas. Como todos os dias, ela deu-lhe um rápido beijo, perguntando:
— Quer leite ou só café, querido?
— Café. Dá para fazer umas torradas?
— Quantas você gostaria?
— Duas, por favor, amor.
Havia uma costumeira delicadeza entre eles. Quase nunca discutiam. Ana mostrava-se sempre pronta a atendê-los com a maior boa vontade. Devo estar ficando velho, pensou Alberto lembrando-se das reflexões da noite anterior. Chegara a achar que Ana não o amava mais, andavam tão frios um com o outro. Tolice, estou é nervoso com os problemas do trabalho. Afinal, que mais poderia querer? Uma mulher bonita, inteligente, excelente

mãe e dona de casa, atenciosa, amiga. Olhou-a com carinho. Era mesmo uma figura agradável, com seus trinta e cinco anos, bem-feita de corpo, quadris e busto não muito grandes, apenas o bastante para torná-la apetitosa, cintura fina, pernas longas e bem marcadas. O rosto não era nada do outro mundo, mas tinha feições finas e regulares. O que mais chamava a atenção eram os olhos, à primeira vista até comuns, castanho-claros e nem muito grandes. Eram seu ponto forte, com aqueles cílios muito negros e espessos, contrastando com o tom quase mel dos olhos. E os lábios? Carnudos e bem-desenhados. Feitos para o beijo. Entretanto, há tempos não faziam amor. Quanto tempo? Ficou tentando lembrar quando fora a última vez e não conseguiu. Com certeza, já fazia um mês pelo menos. Caramba!, constatou consternado. Ele não a procurava — nem queria. A bem da verdade, nem a ela, nem a nenhuma outra mulher, admitiu com uma ponta de remorso. A culpa era toda dele, porque Ana era bastante receptiva a qualquer carinho seu. No início, lembrou-se, ainda se esforçara por uma ou duas vezes, mas resultara numa coisa sem jeito, sem gosto. Depois sucumbira à passividade com que ela aceitara seu desinteresse. Sentiu pena, mas acabou desviando o pensamento para o Júnior, que derramara todo o mingau em cima da roupa e, imediatamente, desatara num choro infernal.

— Precisa chorar desse jeito?

Ana estava irritada, o que não era comum. Tirou a criança da cadeirinha quase com raiva, despiu-a, jogou a roupa no tanque e, em poucos minutos, toda a sujeira sumira. Era incrível a sua eficiência. Mas, por algum motivo que Alberto desconhecia, mostrava-se ansiosa, embora fosse perceptível seu esforço para dominar-se e passar a imagem de sempre — racional, calma, segura.

Terminou o café sem muita pressa. Aquele dia seria longo e não se sentia nem um pouco motivado a iniciá-lo antes que fosse inevitável. Repetiu as torradas, a vitamina, completou com um cafezinho. Afinal, levantou-se e, despedindo-se das crianças com um aceno e de Ana com um beijo rápido, dirigiu-se, a contragosto, ao elevador.

Mais um dia começara.

Antes do escritório, iria à firma administradora do apartamento. Ontem o advogado lhe havia pedido para passar lá, sem falta. O que seria? Estava preocupado, porque há seis meses tivera muita dificuldade em chegar a um acordo sobre o reajuste do aluguel. Fora uma tremenda briga. O Borges era um advogado hábil, bem seguro e que defendia com unhas e dentes os interesses do cliente, que no caso não era ele. Sempre pensava que se um dia tivesse um imóvel seu para alugar, gostaria que o administrador fosse o próprio Borges ou alguém com a mesma garra. Alberto era correto demais para não reconhecer a competência de um bom profissional. De forma que, sabia, quase com certeza, que teriam outro desentendimento.

Confiava, porém, que tudo se resolveria. Afinal eram seres humanos e a ética prevaleceria sobre os interesses materiais. Sim, havia homens que colocavam o dinheiro acima de tudo. Mas não ele. E o Borges, um advogado experiente, saberia, com certeza, o valor de um inquilino que nunca, mas nunca mesmo, deixara de aceitar um acordo, mesmo quando a lei o favorecia. Também jamais atrasara um dia sequer o pagamento. Dia cinco de cada mês, nos últimos dez anos, ia à Rua da Conceição, lá no Centro, efetuar o depósito. É bem verdade que, uma vez, Ana insinuara, elegantemente como era seu feitio, que não deveriam aceitar nenhum aumento mais, porque a lei do inquilinato em vigor congelara todos os aluguéis, mas ele, na reunião com o

Borges, soubera que o proprietário era um senhor de idade, um velhinho, que só possuía esse bem como fonte de rendimento, e então, com base mais uma vez na sua crença de que dinheiro não é tudo, há valores mais importantes, como generosidade, justiça etc., cedera ao aumento do aluguel. Ele estava bem à época, num bom emprego, o mesmo desde que se formara em Engenharia, o patrão gostava dele, confiava, o dinheiro sobrava no fim do mês, não muito, mas sobrava. Por que explorar então o pobre velho? Não, pensando bem, em vista disso tudo, era bobagem estar se preocupando. A bem da verdade, alguma coisa já não ia tão bem lá na firma, com uma grande boataria a cada dez dias; falava-se em falência, demissões, cada dia uma coisa... Mas, até agora, não havia acontecido nada. Embora a última obra contratada estivesse quase no fim, acreditava que breve conseguiriam outra. Os jornais já falavam em uma leve recuperação na economia.

Ano passado, ele tivera que vender o carro, antigo, que começara a dar um defeito atrás do outro. Analisara a relação custo-benefício: trabalhava no centro da cidade, portanto não podia mesmo ir de carro. Ana não dirigia, de modo que, embora ela sempre ameaçasse aprender, até aquele momento o carro ficava parado de segunda a sexta. Somente nos fins de semana o utilizavam. Bem que ele adorava aquele carrinho, lembrou com nostalgia. Fora o primeiro e único. Alguns amigos, assim que se formaram, ganharam um de presente dos pais. Mas não ele. O pai lhe dissera: "Carro, só com o suor do próprio rosto." Por isso, ficara indeciso durante meses, relutando e adiando a venda — até que não tivera mais escolha. O carburador pifara, dois pneus estavam carecas, a despesa seria muito grande. Melhor vender. Com o dinheiro na mão, pensara em investir numa poupança ou em fazer uma viagem com Ana e as crianças. Mas depois Júnior tivera uma daquelas repentinas infecções intestinais e, em poucas horas, desidratara. Eles o levaram para a consulta com o pediatra, mas o menino tivera que ser internado e aí... o carro fora embora todinho no pagamento do hospital. E tudo se passara em apenas três dias... As crianças choraram muito quando contara da venda. Afinal, todo os sábados e domingos eles se despencavam de Vila Isabel para a Barra e lá passavam o dia. Sorriu ao lembrar daquela época: não fora há tanto tempo, mas parecia que há séculos não faziam aquele programa que tanto adoravam... Comiam num bar de beira de praia ou naqueles furgões da estrada, quando se cansavam de tanto correr, nadar, pegar jacaré. Camarão ao alho e óleo, cerveja, o guaraná para as crianças. Era uma festa. Nadavam, rolavam na areia, viravam verdadeiros bifes à milanesa, faziam esculturas na areia molhada. Ele era bom nessas coisas, modéstia à parte. Tinha uma certa veia artística. Lembrou da sereia que fizera uma vez e juntara gente para ver. Nossa, Débora ficara tão orgulhosa do pai-escultor!... Mas, afinal, não deu para manter uma despesa tão alta, gasolina, mecânico, só por causa dos fins de semana. Diante da choradeira das crianças prometera-lhes que iriam sempre continuar a fazer os programas, mesmo de ônibus. Mas depois das três primeiras vezes, com a condução superlotada, as pernas doendo da viagem desconfortável, de pé, desistira dos pisões e de levar as crianças no colo durante uma hora e meia na ida e outro tanto na volta. Não, não cumprira a promessa. Os meninos, claro, cobraram várias e várias vezes. Até que desistiram. Nos últimos anos, o programa era em casa mesmo. Também a recessão viera para ficar. Hoje, proporcionalmente, ganhava metade ou menos do que há três anos. E as despesas só aumentavam. Escola, roupa, comida, condomínio, tudo subindo. Ele gostaria tanto que Ana se dispusesse a trabalhar. Mas sentia uma espécie de pudor em abordar, agora, o assunto. Afinal, ela nunca demonstrara muito desejo de ganhar dinheiro, apesar de ser professora de História. Jamais trabalhara fora de casa. Formara-se depois de casada e, logo a seguir, vieram as crianças, de modo que acabara ficando só com as tarefas domésticas. Além disso, reconhecia, ele sempre a desestimulara, afirmando que estava tudo bem, o dinheiro ainda sobrava até para colocarem algum na caderneta de poupança, por vezes trocar os tecidos dos estofados, mudar os móveis do quarto das crianças, comprar roupas, ou viajar em alguns fins de semana... De modo que, se por algumas vezes, ainda que de forma tímida, Ana parecera gostar da ideia de trabalhar e aumentar os ganhos da família, nunca o fizera de forma convincente. Ele então desistira de abordar o assunto, mesmo porque, quando as coisas começaram a se complicar, sistematicamente deixara-a de fora dos problemas. Ela devia achar que estava tudo bem. Claro, não podia deixar de ser assim. Mas, por outro lado, orgulhava-se de proteger e sustentar, ele mesmo, a família.

Quando o salário passara a não cobrir os gastos mensais, confuso, começou a retirar o que faltava da caderneta de poupança. Era um dinheirinho que guardavam para despesas inesperadas. Nunca disse nada sobre isso a Ana, mas, sabe Deus lá como, ela sempre pedia o mínimo possível para as despesas. Dessa forma, iam vivendo. Agora o saldo da caderneta já se reduzira a menos que um terço. Bem, melhor não pensar. Mesmo porque nada podia fazer a respeito no momento.

Quase perdeu a parada do ônibus, tão entretido estava em seus pensamentos. Por sorte, acordou a tempo. Não queria chegar tarde ao serviço. Afinal, em dez anos nunca faltara nem atrasara.

A não ser quando os pais faleceram, naquele horrível desastre de carro e quando Ana fora ter os bebês. Ele era um exemplo de pontualidade e assiduidade. "Gosto de ser assim", pensou, enquanto caminhava rápido, quase correndo.

A conversa com o Borges foi muito objetiva: retomada do imóvel ou reajuste de 400%, para atualizar, em bases reais, o aluguel. A lei agora permitia denúncia vazia. Foi um choque. Sem soprar, nem aliviar, o antes tão simpático e delicado administrador, falara tudo de uma só vez. Nem o mandara sentar. O cafezinho e a água gelada, em bandeja de prata, sempre presentes nos últimos encontros, servidos pelas mãos simpáticas da secretária, também não apareceram. Aliás, toda a conversa durara dez minutos. Foi muito claro. Era pegar ou largar.

— Você, meu caro, se não quiser aceitar o aumento, pode recorrer, mas no caso, como advogado que sou, conhecendo todos os peritos do fórum, garanto-lhe, meu amigo, é melhor sair logo ou começar a pagar o novo aluguel. Pode até depositar em juízo, mas vai ter que acabar pagando o nosso preço.

Ficara mudo primeiro. Depois tentara argumentar, embora a voz quase não lhe saísse da garganta. Fizera um enorme esforço para dominar a frustração e o espanto que sentira, de modo que a voz lhe soara estranha quando, afinal, conseguiu falar. Tentou mostrar as vantagens de se ter um bom inquilino, correto e pontual como ele. Não se negaria, como não se negara jamais a um acordo. E — lembrou-lhe — mesmo quando pudera se negar, não o fizera. Mas queria um acordo justo. Agora era ele quem estava com problemas e acreditava na lisura dos dois — advogado e cliente. Não iriam deixar de ceder um pouco em suas pretensões, depois de tantos acordos feitos nos últimos anos, alguns até com base apenas na palavra, com a qual, evidente, ele, Alberto, jamais faltara. Perdera a conta de quantas vezes o Borges agradecera em nome do pobre velhinho, seu cliente, sempre que concordara em majorar "um pouquinho" o aluguel, apesar dos sucessivos congelamentos. Tentou mostrar que esses aumentos deveriam agora, por sua vez, servir de base para um desconto no percentual proposto. Em vão.

Alberto conhecia a lei. Sabia que, com sorte, conseguiria até um ano para sair do imóvel, mas teria que começar a pagar o aumento, pelo menos, aquele que o juiz fixasse como aluguel provisório. No momento era de todo impossível arcar com essa nova despesa. Não conseguia pensar com clareza. O que mais lhe doía era lembrar o olhar e o sorriso estranho que o advogado lhe lançara quando ele aludira a uma possível compensação pelos anos todos em que tivera compreensão com o idoso senhor, dono do imóvel. Não conseguira captar o significado do sorriso, parecera-lhe até debochado. Pior fora a forma pela qual quase o empurrara para o corredor, encerrando assim a entrevista:

— Se você cedeu, quando a lei o favorecia, cedeu porque quis. O meu cliente não cederá. Até porque é a minha orientação para ele. Passar bem. Telefone-me quando decidir o que pretende fazer. O meu cliente tem pressa em saber da sua decisão.

Não poderia dizer como entrara no elevador e chegara à rua. Sentiu-se um completo idiota, ridículo e ingênuo. Tentou reequilibrar o orgulho, afirmando de si para si — o mundo tem gente de toda a espécie. Mas muitos ainda pensam e agem como eu. Com lisura e ética. Existe alguma coisa acima da matéria e eu acredito nela. Sentiu-se um pouco melhor, embora quase não conseguisse abrir os olhos. Era uma sensação de pesar tão grande que sentia um incômodo peso nas pálpebras, algo que só lhe acontecia quando ficava muito mal consigo próprio.

Mesmo assim, encontrou forças para animar os passos, num esforço grande, porque as pernas pareciam-lhe de chumbo. Mas acostumado, toda a vida, a se superar, foi, pouco a pouco, dirigindo-se ao trabalho. Ficava a poucas quadras e resolveu ir a pé. Sim, não devia se deixar contaminar pelos maus pensamentos ou pelo desalento. Afinal, não era ele quem sempre criticava os negativistas, aqueles que, por qualquer problema, desistiam da luta? Não era ele quem, quando via um mendigo ou alguém esmolando, negava-se com toda firmeza a ajudar, porque o próprio não se estava ajudando? Não era ele quem tantas vezes criticara e fizera coro contra a *preguiça da maioria do povo brasileiro*? É, com certeza, não fazia parte desse grupo. Ele superaria os problemas. Era honesto e trabalhador. Tudo daria certo. Era questão de tempo.

Comprou um sorvete. Incrível como o dia tornara-se tão quente!

Capítulo IV

Deixou as crianças na escola e, em seguida, passou na feira. Continuava com as acrobacias para conseguir comprar os alimentos nas mesmas quantidades e variedade. Já deixara, há muitos meses, de comprar aves ou carne de porco na feira, embora fossem tão mais fresquinhas. Também abrira mão de alguns tipos de verduras e legumes, contentando-se com as da estação ou com as que estivessem com melhores preços. Carne no açougue, nem pensar. Só no supermercado, e em muito menor quantidade. Aprendeu a utilizar os talos das verduras, e, a pretexto de uma alimentação mais saudável, com mais fibras, colocou as proteínas como acompanhamento dos pratos e não mais como elemento principal. Por sorte, uma amiga contara sobre uma tal dieta Pritkins, ela até pegara o livro depois na biblioteca regional. Assim aprendera que a melhor refeição tem nas fibras e cereais a estrutura básica. Utilizar proteínas em pequenas quantidades seria até mais benéfico à saúde, bastando um grama por quilo corporal, por dia, para satisfazer as necessidades orgânicas. Fora um achado! A partir daí, começara uma verdadeira batalha com as crianças e com Alberto, todos uns carnívoros... No fundo, nem acreditava muito naquilo, mas achara importante convencê-los de que se tratava de uma filosofia, com base nutricional adequada. Não, nunca admitiria que era mesmo e-co-no-mi-a. Alberto ficaria muito preocupado, e ela não queria isso de forma alguma. De início, todos reclamaram muito, mas depois se acostumaram. Já estava até ensinando às amigas! E, de verdade, dava para fazer uma boa economia. Mas, aqui com os seus botões, achava horrível. Além do quê, para manter a forma, nunca comia arroz, feijão, cereais enfim, porque morria de medo de engordar. Por isso, agora terminava as refeições sempre com fome — acabava quase que se alimentando só com os legumes e verduras. Argh! Alguns eram insuportáveis. Mas tinha que dar o exemplo. Não poderia jamais demonstrar o que sentia, senão tudo iria por água abaixo. Dessa forma, sentia-se feliz por colaborar com o marido, sem lhe trazer problemas ou reclamações. Às vezes vinha-lhe uma vontade de gritar, de falar com ele. "O que está acontecendo? Por que cada vez você parece ganhar menos?" Mas ele jamais reclamava de nada. Chegava em casa alegre, feliz com ela e as crianças, ficava lendo o jornal ou vendo televisão.

Tão boa gente! Não, sem dúvida, não seria ela quem iria aborrecê-lo. Era bom pai, bom marido. Além do que, não era uma idiota qualquer, nem alienada. Bastava ouvir o noticiário para saber que a recessão chegara para valer, com milhares de pessoas desempregadas. Graças a Deus, tinham o trabalho do Alberto garantindo o aluguel, as despesas com a casa e com as crianças. Embora nos últimos tempos mais apertados, não tinham dívidas. É bem verdade, a venda do carro fora uma tristeza! O fim de semana restringira-se, a partir daí, a ver TV, dormir à tarde, passear no bairro e, eventualmente, ir a um cinema. Aliás, agora nem isso mais. Também com o preço dos ingressos, dava quase para fazer as compras da semana! Uma grande perda, sem dúvida. Adorava cinema — que histórias maravilhosas, como levavam a refletir, ou a sonhar, a rir ou a chorar... Acreditava porém que, em breve, as coisas iriam melhorar. Sonhava. Talvez pudessem comprar outro carro, ter uma empregada ou pelo menos uma acompanhante para as crianças, de forma a poderem passear sozinhos, de vez em quando. Estava muito preocupada com o desencontro sexual que viviam no momento. Às vezes pensava que talvez ele tivesse outra mulher, mas não conseguia vê-lo com uma vida dupla: era tão íntegro, tão transparente... Está aí uma coisa impossível de acontecer...

Grande amante nunca foi mesmo. Bom marido, bom pai, sem dúvida. Mas não era dado a grandes ardores, nem tinha muita imaginação na cama. Sexo com ele era sem surpresas e novidades. Mas que, agora, havia algo de estranho entre os dois, havia. Ana cismava, caminhando entre as barracas da feira.

Sabia, também, que, de sua parte, era muito tímida, não conseguia falar com ninguém sobre esses assuntos. Casara virgem e sem nenhuma experiência. Achava a vida sexual meio sem graça, mas o marido lhe parecia tão satisfeito quando terminava, adormecendo com aquela expressão feliz e saciada...

Vai ver é assim mesmo, pensara sempre. Só que, de repente, as relações começaram cada vez mais rarear, até cessarem de vez. Ela chegara a começar a anotar na sua agenda cada vez que faziam amor, e, sem dúvida, nos últimos dois ou três meses, não fizera nenhuma marca mais... Mesmo assim, resolvera nada falar, embora se preocupasse com o fato. Na verdade, ligava-se mais ao fato em si do que propriamente com o não-fazer-amor. De certa forma, lá no fundo, era até um alívio. Sentia-se meio fria, questionava sua sexualidade. Tinha remorsos em relação a esse sentimento de alívio, achava desleal com Alberto. Arrumava-se então, sempre para que ele a visse atraente e perfumada, mas, reconhecia, não surtia mais o mesmo efeito que no início de casados. Aos poucos, foi deixando de lado o problema, ainda mais agora com essa constante preocupação com as despesas. Temia que a acusasse de gastar muito, como já vira muitos maridos fazerem. Se bem que o relacionamento deles era tão gentil... Ele era incapaz de uma grosseria. Mas até por isso era uma preocupação constante, era sim. Ela queria muito que tudo continuasse como até agora. Havia paz em sua vida. Tranquilidade. Amizade. Tantas amigas contavam coisas tão ruins da vida em comum... Em todo caso, que era meio insosso, lá isso era... Vez por outra ocorriam sonhos perturbadores, eróticos. Terrível era despertar. Um profundo desapontamento a invadia, assim como um desagradável sentimento de ter sido desleal. Parecia que o estava traindo, mesmo que só em pensamentos. O que mais a chocava nisso é que, por vezes, chegava a gozar durante esses sonhos. E, com tal intensidade e com tal carga de prazer, como nunca ocorrera na sua realidade... Era mesmo muito estranho. E, acima de tudo, muito perturbador.

Sabia que vinha conseguindo dar conta do recado. À mesa, a comida era variada e balanceada (ela orgulhava-se muito disso). As crianças estavam crescendo fortes e saudáveis. Algumas vezes, choravam porque queriam um brinquedo novo que algum amigo ganhara, mas sempre conseguia convencê-los de que não era tão necessário, barganhando com uma revistinha ou algo assim. É, tudo iria se resolver. Era preciso apenas ter paciência. Ana caminhava, pensativa, empurrando o carrinho na feira. Já quase terminara o suplício das compras. Nossa, ela se recriminava tanto quando pensava dessa forma. Tanta gente nesse Brasil daria tudo para ter os problemas dela! O que era fazer umas economias, tendo casa, comida, uma família feliz? Que pecado, ser tão exigente com a vida. Ela era mesmo uma chata...

Reparou que, nos últimos meses, o que mais fazia era tentar se convencer de que tinha tudo e era feliz. Alguma coisa estava faltando, e ela, por mais que tentasse, não descobria o que era. Continuou caminhando, as compras quase terminadas, procurando espaço entre as barracas. Olhou o relógio digital no pulso — faltavam ainda vinte para as dez. Sentiu um vazio ao pensar em chegar em casa e em tudo que ainda teria por fazer: arrumar as camas, varrer a casa, espanar os móveis, lavar a louça e a roupa, meu Deus... Aí estava ela, de novo se lamentando. Mas tinha que correr senão se atrasaria para buscar as crianças. A escola ficava próxima de casa, mas só até certo ponto, porque estava localizada a cerca de cinco quarteirões, o que a obrigava a quatro caminhadas diárias. Apertou o passo, esbarrando nuns e noutros até alcançar a calçada onde a feira terminava. Subiu o meio-fio. Sem perceber, bateu com a roda numa pedra portuguesa, solta no chão, e então o carrinho tombou, derrubando todas as compras. Ficou embaraçada por um momento, até que, agachada, começou a recolhê-las. Estava furiosa, desproporcionalmente furiosa, não sabia por quê. Mas estava. Escolhera tudo com tanto cuidado e, agora, algumas verduras estavam amassadas, sujas, os tomates tinham rolado pelo chão, era um caos. Algumas pessoas já começavam a ajudá-la, com aquele jeito próprio do carioca, espontâneo, quente.

De repente, um molecote pegou duas sacolas das suas compras, as laranjas e a melancia e saiu correndo. Sem saber bem o que fazia, largou tudo e começou a correr atrás dele. Sentia um ódio enorme, incontrolável, quando alguém segurou-a pelos ombros, impedindo-a de prosseguir.

— Ei, menina, não vá perder a cabeça. Deixa pra lá. Eu conheço o moleque! É barra-pesada. Anda sempre com um canivete e já apagou muita gente! Pegue suas compras e vá pra casa.

Virou-se irritada. Sufocada. Que audácia, um desconhecido, ali, segurando-a e lhe dizendo o que fazer. E ainda chamando-a de menina, com uma intimidade e tal autoridade... Que ódio!

— Me largue, seu cretino! — gritou-lhe. — Ele me roubou, aquele desgraçado... Eu...

Levantou os olhos, contorcendo-se, tentando soltar-se.

E aí encontrou aquele rosto forte, moreno, olhos negros, cabelos longos, lisos e muito escuros, duas covinhas e uns dentes maravilhosos, perfeitos. Era um belíssimo homem, pensou, paralisada, sem conseguir falar mais nada. Alto, musculoso. Estava meio sujo, assim com aquela roupa de feirante, uma camiseta meio encardida e uma bermuda florida. O sorriso era franco. Olhava-a parecendo divertido com toda a história.

Sentiu-se arrebatada, uma espécie de quentura subiu-lhe dos seios para as faces, deixando-as vermelhas. O coração entrou a bater de forma descompassada. Todo o seu corpo concentrara-se nos ombros, no contato quente daquela mão forte, de pessoa decidida, que a imobilizava. Sentia-se flutuar, leve o corpo todo, exceto pelo contato com aquele estranho: as mãos e os olhos, que a fitavam com profundidade. Sem poder evitar, viu-se abraçada a ele, beijando-o, nus os dois numa cama, amando-se. Sentiu um desejo forte, inimaginável para ela, até então. Pareceu-lhe passar uma eternidade até conseguir se recompor, soltando-se, agora com suavidade, daquele contato maravilhoso. Na verdade, sem saber como, passou-lhe pela cabeça que não queria se soltar, queria que ele continuasse a tocá-la, que a abraçasse e beijasse por muito, muito tempo. Melhor, que não parasse de fazê-lo nunca. Que loucura, que devaneio ridículo, pensou. Envergonhada, balbuciou coisas sem muito nexo. Pareceu-lhe que todos estavam lendo seus pensamentos. Sentiu-se, mais uma vez, enrubescer. Além disso, começara a suar e a tremer. Ele ainda a ajudou a arrumar tudo, dizendo palavras gentis do tipo "não estragou quase nada", "está tudo bem", enquanto os olhos — ah, que olhos! — continuavam fixos nos dela. Era como se uma força os hipnotizasse, atraindo um para o outro, sem possibilidade de escolha, sem defesas. Passaram-se alguns minutos até que ele, de forma lenta e calma, acercando-se dela, erguera a mão direita, aproximando-a de seu rosto, tocando-lhe de leve o queixo. Devagar. Com suave carinho. Dir-se-ia que lia no seu íntimo o que se passava, ou talvez, também ele, sentisse assim, transportado por um sentimento forte, imperioso, que os sufocava:

— Pronto... Está tudo certo, agora! — disse, confortando-a.

Desejou estar mais arrumada, odiou as marcas de suor na blusa clara, abaixo das axilas. Podia senti-las. E o cabelo, que amarrara em preguiçoso desalinho, um pequeno rabo de cavalo, bem no alto da cabeça. Queria tê-los soltos, com aquele brilho natural que todos apreciavam... Mas ele parecia gostar do que via.

Olhava-a com insistência, de um modo estranho. Ana sentiu que sua alma estava ali, exposta, querendo entregar-se. Fez um esforço imenso para recuperar a voz:

— Muito... muitíssimo obrigada. Desculpe o... trabalho...

A seguir, recomeçou a caminhar, em direção à casa. Percebeu, feliz, quase de imediato, passos leves, acompanhando-a. Não conseguiu dizer nada, soterrando em seu íntimo qualquer tentativa de juízo de valor e compreendendo que ele fizera justo o que ela desejara que fizesse. Sentia que se deixasse aflorar qualquer pensamento seria impelida a retornar do sonho, daquele momento em que, inebriada, fora colocada frente a frente com essa outra mulher, personagem que a intimidava mas que, acima de tudo, a fazia vibrar, tremer, sentir-se viva — como nunca. Não, ela não queria deixar de viver esse sentimento novo, intenso, esse instante extraordinário. Era como que, desdobrada em duas Anas, uma marchasse, segura, ao encontro daquele momento decisivo, enquanto a outra permanecia imóvel, olhos abertos, curiosa, assistindo assombrada a tudo. Sabia que ele iria com ela e era tudo o que queria.

Pararam na entrada do prédio. Ele conduzindo o carrinho de feira, com as compras resgatadas do chão, meio amassadas nos sacos plásticos. Ela, sonâmbula, só sensações. Olhavam-se magnetizados. O elevador estava vazio quando entraram. Um impulso mútuo empurrou-os um para o outro. Ela ansiava senti-lo mais próximo, enlevada com o poder desconhecido de uma sensibilidade agora atiçada. Beijaram-se de forma suave a princípio. Logo, porém, foram tomados de tal avidez, de um desespero, enquanto os lábios esmagavam-se, as mãos tocavam os corpos trêmulos, insaciados, alucinados de paixão. O elevador trepidava, batendo de encontro às paredes do estreito cubículo por onde subia e já Ana sentia as mãos do estranho percorrendo seus seios, descendo pela barriguinha rija até encontrar seu sexo. Tremia de prazer, transtornada; desejava que aquele momento nunca terminasse. Quase sufocados, assustaram-se quando, sem se darem conta, chegaram ao décimo primeiro andar.

A parada brusca do elevador pareceu à Ana uma pancada. Olhou em volta. O corredor estava totalmente silencioso. Ninguém à vista. O coração parecia saltar do peito, a respiração tornara-se difícil. Fez um esforço que lhe pareceu sobre-humano, até que conseguiu colocar as mãos espalmadas no peito do rapaz, agitando a cabeça, com veemência, para os lados. "Não, não saia." Seus lábios, entretanto, já estavam de novo, colados, sôfregos.

Mas, por sorte, o corredor continuava vazio.

Mais tarde, os dois de volta à porta do elevador, olhos nos olhos.

Ele apenas sorriu e colocou-lhe na mão um pequeno cartão onde lia-se "Antônio — fruteiro — Entregas em domicílio" seguido do telefone. Segurou com força, amassando-o. Virou-se com esforço, e, correndo, entrou em casa.

Capítulo V

Alberto chegou suado e desarrumado ao trabalho. Felizmente, não encontrou ninguém no corredor nem no elevador. Jamais se perdoaria se o vissem do jeito que estava. Entrando na sua sala, dirigiu-se de imediato ao banheiro, onde lavou o rosto, penteando de forma cuidadosa os cabelos, antes umedecidos para melhor assentarem. Ajustou a camisa para dentro da calça, arrumou as mangas, que dobrara durante a caminhada, ao mesmo tempo que colocava um pouco de desodorante. Sempre deixava na gaveta da mesa de trabalho pente, desodorante, escova e pasta de dentes. Olhou-se no espelho, agora satisfeito. Com exceção de um leve amassado na camisa, estava novinho em folha.

    A salinha era pequena, daquelas feitas com divisórias finas, mas era agradável. Além da mesa branca de fórmica com três gavetas, o mobiliário comportava ainda um arquivo de aço também revestido de branco, um aparador lateral pequeno, onde ficava uma bandeja com duas térmicas, uma com café, a outra com água gelada. Copos descartáveis, adoçante. Em cima da mesa, um arranjo de flores. Uma gravura com motivos geométricos na parede. Duas poltronas pequenas e a cadeira giratória, estofadas nos tons da gravura, tornavam o ambiente leve e de bom gosto. Mãos de fada tem a Ana, pensou.

Olhou o relógio na parede em frente à mesa, ao sair do pequeno banheiro privativo. Já passavam das nove e trinta, estava portanto atrasado meia hora. Sentou-se à mesa e reviu os papéis com as anotações que deixara alinhavadas na véspera. Precisava entregar aquele relatório, perfeito, ainda naquela tarde, consequentemente deixaria para depois a preocupação com o novo preço do aluguel. Concentrou-se nos números, planilhas e dados, absorvendo-se de tal forma que só percebeu que duas horas e meia haviam se passado quando o Álvaro, com o costumeiro espalhafato, entrou no escritório, falando muito alto:

— Ei, cara, meio-dia! Vai deixar o almoço para amanhã? Larga isso, vamos... Descobri uma pizzaria aqui pertinho, com preços ótimos. Vamos comer, deixa de puxa-saquismo. Não vai mudar nada se matar desse jeito...

A hora do almoço era meio sagrada. Era o momento de aliviar as tensões, de relaxar, jogar papo fora, fofocar sobre a vida alheia, trocar ideias. Para a maioria, hora do almoço era Hora do Almoço. Saíam quase sempre em grupos, falando alto, rindo, brincando muito. Em épocas boas, de bons salários, costumava ser o acontecimento do dia. Variavam de restaurante, comiam bem. Em geral, esticavam aquela hora para hora e meia, por vezes duas. Uns davam cobertura aos outros. Eram momentos talvez os mais agradáveis do dia. Ultimamente, porém, quase todos tinham diminuído ou cancelado as idas a lugares mais dispendiosos, trocando pelos *fast foods* abundantes no centro da cidade. De qualquer modo, eram momentos importantes na vida de todos. Através deles ficavam a par da situação de cada um, do trabalho, da família, quem estava transando com quem etc. Naquele momento, porém, tudo que Alberto queria era paz e sossego. Não estava com vontade nem saco para conversas e fofoquinhas. Entretanto, alguma coisa na voz do amigo chamou-lhe a atenção, deixando-o de sobreaviso:

— Mudar o quê, quem está querendo mudar alguma coisa? — perguntou Alberto, sem ainda atribuir muita importância ao comentário. — Não é isso, Álvaro. Estou atrasado dois dias na entrega do relatório da SETENE, aquela firma com a qual concluímos a reforma da fachada, sabe qual? Pois é, acho chato atrasar, mas os dados estavam todos errados e tive que pedir que a contabilidade refizesse tudo. Além de alguns documentos que vieram faltando e pelos quais esperei mais um dia inteiro. Mas acho que já estou na fase final; hoje termino isso. Apenas não dá para almoçar hoje. Mas também não faz mal. Estou sem fome mesmo...

Álvaro deu-lhe uma olhada meio estranha e deixou no ar uma frase que Alberto não compreendeu, ao fechar a porta, à saída:

— Besteira, tô dizendo, isso não vai mudar nada mesmo...

Intrigado, Alberto ainda caminhou alguns passos no corredor atrás do amigo, mas ele já entrara no elevador, de modo que retornou ao trabalho, com a estranha sensação de que não sabia alguma coisa de que todos já tinham conhecimento.

— Assim que ele voltar, saberei — decidiu, falando para si mesmo em voz alta, enquanto voltava a sentar-se tentando continuar o trabalho interrompido. Foi impossível concentrar-se.

Atacou-o a velha e desagradável sensação de perigo, alguma coisa meio inexplicável a que chamava intuição, mas que nunca lhe falhara. Toda as vezes que aquele sentimento o dominava — verificara ao longo da vida — alguma coisa ruim acontecia. Ficou cismando, rabiscando a folha de papel a sua frente, sem conseguir produzir nem mais uma linha.

Quando afinal o amigo voltou do almoço, já ele havia ido a sua sala três vezes, tal a ansiedade que o dominava. Interpelou-o:

— Álvaro, o que você queria dizer com "não vai mudar nada eu terminar o relatório atrasado"? Alguma coisa que eu não estou sabendo aconteceu?

A resposta deixou-o boquiaberto:

— Pô, Alberto, não acredito... você é desligado ou o quê? Desde cedo não se fala em outra coisa aqui. Você, eu, quatro secretárias e dois *boys* estamos de aviso prévio a partir de amanhã. Contenção de gastos, sacou? Só vão ficar dois engenheiros e sabe quais? O Alípio, cara, o que mais embroma, mas sabe bem fazer o chefão pensar que ele é quem faz tudo e o amiguinho dele, o Dutra, que é pau-mandado e faz tudo que ele quer. Vai trabalhar por dois o imbecil e ainda vai ficar feliz. A Amália, aquela gostosinha lá do departamento de pessoal, sabe, ela tá de rolo com o Serginho e deixou transpirar a coisa toda pra Célia, que é amiga dela, uma das secretárias que também tá no olho da rua. Eu, por mim, nem tô ligando muito, porque já estava prevendo que isso ia acontecer e me preveni. Tenho um amigo que é dono de uma firma de construção e já me garantiu o emprego lá com ele. Só não pedi demissão porque perderia o dinheiro do aviso prévio e as outras vantagens, então o lance era esperar a demissão. Também eu não ia falar nada com ninguém antes, que é para não melar, sabe como é, né? Neguinho tá sempre querendo ver tua caveira, aí deixei tudo correr frouxo, mas, por baixo dos panos, eu estava me forrando que não sou besta... Mas que cara é essa? Jura que não sabia de nada?

E o Alberto, lívido:

— Na... não. Não, não sabia mesmo. Quer dizer, sabia que a firma ia mais ou menos, que poderiam ocorrer demissões, mas há tanto tempo que se fala nisso e nunca aconteceu nada... Ademais, nunca pensei que fossem mexer justo conosco, você sabe tanto quanto eu, que nós dois somos os que mais produzimos. Não é possível que eles sejam tão cegos... Nós temos que fazer alguma coisa... Falar com alguém. Quem sabe, vamos juntos? São muitos anos de casa, sempre com dedicação total. Há de haver justiça ainda neste mundo. Será que não há engano nessa informação?

— À medida que falava, preso de visível inquietação, Alberto ia se agitando, sentando e levantando, seguidas vezes, da cadeira, andando pela sala, sôfrego.

— Não, engano não há. Já cheguei. É a mais pura verdade.

— Então vamos lá na sala do presidente e botamos tudo em pratos limpos, topa?

— Olha aqui, amigão, não vou, não. Vá você, se quiser. Eu tô empregado amanhã mesmo, e, além disso, não iria adiantar nada. Você é ingênuo mesmo. O homem já está com a cabeça feita pelo nojento do Alípio e a gente só ia se indispor. Além disso, amanhã posso precisar daquele imundo, não vou tentar desmascará-lo justo agora e ainda sem provas. Vai cheirar a dor de cotovelo, a gente não fez a coisa quando tinha que ter sido feita, podendo mostrar documentos e tudo, sei lá por quê, comodismo, corporativismo... Mas o fato é que agora é tarde demais. Tudo que a gente fizer só vai depor contra nós mesmos. Por outro lado, não me interessa nem um pouco brigar com quem quer que seja aqui dentro. Minha situação está definida e para bem melhor. O salário é maior, vou ter ótimas condições de salário, verba para gasolina, secretária, tu...

— Mas Álvaro, é por mim então... eu não tenho nada, sem esse emprego estou perdido. Vamos lá, vem comigo, dois é melhor que um, você é meu amigo, quebra o meu galho, me dá uma força... — Alberto percebeu que estava com a voz trêmula, parecia prestes a chorar a qualquer minuto.

— Sinto muito, mas não dá mesmo. Olha, a vida é assim mesmo, um dia a gente se ferra, no outro se levanta. Logo você se arranja, não vê como foi comigo? Só que eu fui mais esperto, você dormiu no ponto... Não, positivamente, não vou poder queimar nenhum cartucho. A situação tá muito ruim. É cada um por si e Deus por todos; se Ele conseguir... — completou o amigo.

Já estava indo embora, porém Alberto, movido por um impulso incontrolável, segurou-o pelo braço:

— Não, eu não acredito que você está me virando as costas numa hora dessas. Já esqueceu todos os galhos que quebrei para você? Emprestei dinheiro várias vezes, algumas você nem me devolveu. E no trabalho? Sempre aliviei você do que não queria ou não gostava de fazer... É assim que me paga?

Aquela voz estridente, esganiçada, seria dele mesmo? Alberto percebia que estava falando, as palavras brotando aos arrancos de sua boca, ao mesmo tempo que, de uma forma alucinada, parecia-lhe estar fora de seu corpo, desdobrado, sua alma desesperada assistindo à cena — cena a um tempo cômica e esdrúxula, porque percebendo a negativa do outro, transtornado, segurara-o primeiro pelo braço, como se o contato físico pudesse fazê-lo mudar de ideia. Depois, como Álvaro tentasse desvencilhar-se, agarrara-o pelo paletó e depois pela manga da camisa, já que, com movimentos rotativos do antebraço ele havia, ao final, despido o paletó, o que fez Alberto agarrar-se à manga de sua camisa, provocando no rosto de Álvaro uma expressão entre enojada e enraivecida.

Estava compadecido da aflição de Alberto, mas ao ouvir-lhe as últimas palavras, este sentimento esvaneceu-se de imediato:

— Por essa eu já devia esperar... Quer dizer que você está me cobrando o que fez? Fique sabendo — disse, alteando a voz — que se fez, fez porque quis. E mais: sempre soube que gosta de escrever relatórios, não foi um favor tão grande, portanto. Quanto ao dinheiro, emprestou porque sempre viveu de um jeito mesquinho, pequeno, juntando tostões, enquanto eu, eu não, aproveito a vida, tá? Por isso você tem dinheiro, porque não sai, não curte nada, só da casa para o trabalho, do trabalho pra casa. E não me venha dizer que não devolvi. Devolvi, sim. Tostão por tostão. Sabe do que mais, me largue e vá à merda! Que cara mais chato! Tô dizendo, não temos como provar as falcatruas daquele lá! Tantos anos mudos, logo agora, despedidos, é que vamos botar a boca no trombone?!... Ei, larga o meu braço, que cara grudento, me larga, já disse... Não vou fazer papel de bobo, só porque você quer. Ponto final...

Conseguiu finalmente soltar-se, mas o safanão violento rasgou-lhe a manga da camisa. Com isso, desequilibrou-se quase indo ao chão. Soltou um palavrão, enquanto tentava evitar a queda. Em seguida, saiu pela porta que, aberta todo o tempo, permitira aos funcionários da sala contígua assistirem a tudo. Calados e surpresos, fitavam Alberto boquiabertos, enquanto Álvaro, por sua vez, saía da sala.

Capítulo VI

Quando afinal entrou de novo em casa, Ana mal conseguia entender o que se passara.

Sentia-se excitada, doente, estranhamente perturbada. Feliz e culpada. Por duas vezes tentou arrumar as frutas e legumes que trouxera da feira, como sempre fazia, superorganizada que era. Desta vez, porém, sentia-se enervada e insatisfeita, de uma forma tão profunda, que só conseguira sentar-se num dos pequenos bancos junto à estreita mesa de fórmica, onde costumavam tomar o café da manhã ou fazer as refeições mais ligeiras.

E ali, sentada, permanecera repassando vezes e vezes aquela manhã fascinante e incompreensível. Não fez o almoço, nem arrumou a casa. Começara por tentar minimizar o fato, mas a todo instante voltavam-lhe as sensações fortes, incríveis, que sentira ao contato daquelas mãos e do corpo rijo, jovem e ardente do rapaz da barraca de frutas. Parecia-lhe, ao recordar, que todo o seu corpo acordara, de uma forma arrebatada e assustadora, de um longo sono. Jamais sentira tanto prazer, tão vívida impressão de júbilo em todos os anos de vida sexual com o marido. Como era possível ter tido relações com uma pessoa durante anos, e, apenas um encontro, um louco e inconsequente encontro, significar, em todos os sentidos, tão mais? Teria ela se enganado durante tanto tempo? E, então, todas as tentativas para diminuir a importância do ocorrido fracassavam. Em verdade, refletia, jamais tivera um namorado antes do Alberto. Tudo o que sabia sobre sexo fora o que vivenciara no casamento. O resto só na teoria, de leituras e mais leituras. Dez anos. Talvez o ocorrido explicasse por que se sentira, de certa forma, aliviada desde que o marido não a tocara mais. Só que em todas essas últimas semanas não tomara consciência desse sentimento; agora, ao contrário, este fato parecia-lhe de extrema importância. Lembrava-se de que, de forma remota, sentira uma espécie de remorso por não tentar, ela mesma, aproximar-se dele, motivando-o, seduzindo-o. Chegara, por algumas vezes, a colocar uma camisola nova, muito bonita, cheia de transparências e rendas, comprada na época das vacas-gordas que estava guardada na gaveta, sem uso havia meses. Perfumara-se toda, arrumara-se, porém, em nenhuma das vezes chegara a sair do banheiro, porque, se sentindo desanimada, voltara ao antigo pijaminha ou à camisola macia, tão usada e tão antissexy, mas por outro lado tão segura... Talvez ela não tivesse compreendido, então, os recados que o seu próprio corpo lhe estivera enviando. Naquele encontro, porém, a verdade se lhe apresentara com uma tão rude e especial clareza, que se sentia agora oprimida, angustiada. Sem ar.

Porque — compreendia a cada momento que passava — encontrara-se de forma repentina e impiedosa perante o fracasso total de sua vida amorosa. Aprendera e aceitara, passiva, as regras do jogo que Alberto fora impondo, sem se aperceber que ela de nada participara, apenas dera-se de forma doce, obediente. O que sabia aprendera com ele. Achava que era isso o que existia. Nunca pensara ser possível um desejo tão forte, num único contato. Voltava a recordar-se nua ao lado do desconhecido, por ele beijada, acariciada, abraçada, penetrada... e todo o seu corpo respondia novamente a esse delírio de uma forma intensa, completa, nova para ela.

Desconhecida Ana, essa que ela via pela primeira vez, calorosa, cheia de desejo e ardor. Só a recordação desta manhã já era suficiente para reviver um prazer intenso, antes não experimentado e que, para sua grande surpresa, trazia-lhe uma sensação nova — de determinação e tristeza. Tristeza por descobrir um universo de sensações por anos desperdiçadas. Determinação por saber, desde logo, que nunca mais aceitaria abrir mão de se sentir inteira. Ela iria realizar-se, sem dúvida, pensava, presa de uma nervosa excitação. Iria lutar por isso. Sua transparente fragilidade a surpreendera e incomodara. Assustava-a, além do mais, ter consciência do fato de o rapaz da feira não ter importância. Compreendera que ele fora apenas o veículo da descoberta. O que de real contava era a constatação do quanto perdera durante dez anos e a certeza de que nunca mais deixaria de lutar por essa parte da vida. Não importava se veria ou não Antonio outra vez. Aliás, nada havia sido dito a esse respeito. Sentia que se o encontrasse poderiam, talvez, ir para a cama de novo. Fora muito, muito bom. Mas também se nunca mais o visse, não teria importância: já cumprira sua função na vida dela. Incrível pensar dessa forma. Mas era isso o que sentia e o que queria.

Nesses dez anos com Alberto, tinham tido muitos amigos. Gostavam de reunir-se, conversar, ir a um cineminha eventualmente. Muitos casais frequentavam sua casa, e mesmo alguns amigos solteiros de Alberto costumavam aparecer. Com nenhum deles, porém, jamais sucedera nada, porque sua atitude não lhes permitira o mais leve esboço de uma conquista ou flerte. Ela era fiel, inteira. Nunca lhe passara pela cabeça uma relação extraconjugal. Era feliz, se dizia. Por que iria fazer qualquer coisa que comprometesse uma vida tão bem estruturada? Não, ela nunca tivera uma atitude leviana. Continuara, dia após dia, hora após hora, trabalhando, cuidando da casa e dos filhos, evitando trazer problemas para o marido. Era essa a sua crença, a sua vida. Manter a paz, a tranquilidade do lar.

Agora, esse objetivo lhe soava prosaico, pobre, incompleto. Não a satisfaria nunca mais. Reviu o início do processo de insatisfação sexual. Sem experiências anteriores, fora mascarando todos os sintomas que, pouco a pouco, assomaram na vida a dois. Acostumara-se à sensação de que faltava algo após cada relação que tinham. Alberto, logo a seguir, adormecia a seu lado e, então, ela levantava, ia ler ou costurar alguma roupa das crianças. A casa e os filhos tinham sido sempre seu lenitivo. Arrumar um armário ocupava-lhe o tempo e assim não pensava mais; a amargura ia passando até que o sono fazia com que voltasse à cama. No dia seguinte e nos outros, tudo se repetia. Por vezes tentara abordar o assunto. Mas a reação do marido fora sempre de incompreensão. Ou mudava rápido de assunto ou olhava-a de forma crítica, mostrando-se ressentido depois, e deixando de procurá-la por vários dias, até que, insegura, acabava sentindo-se culpada ou até mesmo meio louca, ou quem sabe vítima de furor uterino? Assim, o assunto fora deixado de lado após umas poucas tentativas frustradas.

Por outro lado, o sexo, tal como o vivera até então, não a atraía tanto a ponto de fazê-la interessar-se por outra cama. Bastava-lhe a que conhecia. Sentira-se fria e inadequada. Às vezes, fantasiava situações em que agia como uma mulher sensual, atraente e perturbadora. Irresistível. Assediada. Quando retornava à realidade, via-se de novo fria, sem atrativos, quem sabe frígida? Agora compreendia: não era fria, nem desinteressada de sexo. Apenas nunca encontrara alguém que a tivesse sabido amar verdadeiramente. E, quando afinal ocorrera, a intensidade dos seus sentimentos, há tanto represados, assomaram com força total, incontrolados e incontroláveis.

A princípio, sentira-se mal, culpada, quase uma prostituta, uma oferecida que qualquer um na rua, com um simples toque, podia conquistar, seduzir. Quanto mais pensava, porém, mais desmentia para si própria essa versão. Cada vez que repassava os fatos, uma certeza se solidificava: jamais soubera o que era paixão, desejo. O que vivera até hoje fora a história bem-comportada de uma jovem tola, ingênua, inexperiente e que desconhecia em tudo e por tudo o seu verdadeiro eu. Esta a verdade que tinha que encarar. Vivera, assimilara, a vida que seus pais tinham vivido e que ela, sempre passiva e obediente, sempre racional e equilibrada, acreditara ser a que também deveria viver.

Amava os filhos, a casa, até o Alberto — de uma certa forma. Mas sabia que, a partir daquele instante, sua vida teria que tomar um novo rumo. Não sabia qual ainda, mas a cada vez que sua pele, seus seios, seu sexo recordavam o contato quente das mãos do rapaz da feira que lhe mostrara o quanto estava deixando de lado com Alberto, e, acima de tudo, o quanto desejava viver de uma forma mais intensa, mais ardente, mais mulher: nessa hora então reconhecia, com a honestidade que lhe era peculiar, que nada mais poderia detê-la. Alguma coisa em sua vida teria que mudar.

Pensou primeiro que uma boa coisa seria ter uma conversa decisiva com o marido. Afinal, era com ele que partilhava a cama. Talvez ele julgasse, com toda razão, que ela era feliz, realizada. Bem, até a ela a revelação havia surpreendido e assustado. Sim, havia muita coisa a ser preservada. A vida em comum, os filhos, a amizade e o companheirismo. Ele iria entender. Começariam vida nova. Era só esperar a noite chegar e conversariam. Mas, logo a seguir seu coração enchia-se de medo. Não estaria ela sendo, de novo e de forma insuportável, ingênua? Alberto aceitaria uma mudança tão brusca assim, sem mais nem menos? Teria que contar o que acontecera? Como reagiria? Rir-se-ia dela, com certeza. Ademais, repetia, as coisas entre eles estavam tão mornas. Quem sabe ele não tinha outra? Ou outras? Será que a amaria ainda a ponto de querer mudar? Sentia dúvidas. Ainda assim, achava que valia a pena tentar. Dez anos não são pra se jogar fora de uma hora para outra. Entretanto, lembrava tensa, as noites com ele nos últimos meses eram uma monotonia só. Ele, vendo televisão, até adormecer no sofá. Ela, na cozinha, lavando louça bem devagar, para já ao terminar encontrá-lo imerso no mais profundo dos sonos; não havia mais ardor entre eles, como no início. Apenas amizade. Isso, havia. Daí, quem sabe, poderiam ainda reavivar a chama, resgatar o amor de outrora, a paixão, a sede que Alberto sempre demonstrara pelo seu corpo? Sabia que ele ainda a achava atraente. Sempre beliscava-lhe o bumbum: era só estar-lhe ao alcance das mãos. E as palmadas? Os olhares... Quer dizer, sem falar, nos últimos meses, claro. Tinham chance, sim, era só querer...

Esperaria a noite com impaciência, mas com esperança. Sabia porém de antemão que, caso fracassasse jamais poderia continuar com ele.

Decidira não contar nada do que ocorrera naquela manhã. Mas não queria deixar de perseguir o prazer, agora que o descobrira. Tarde, mas não de todo. Sim, ia tentar. Ainda valia a pena...

Capítulo VII

No ônibus, Alberto ia revendo aquele dia horrível.
Uma vida como a sua, tão organizada. Logo com ele, uma pessoa trabalhadora acima de tudo. Dez anos de firma. E agora compreendia: não era nada, nada representava na firma. Durante anos, sustentara intelectualmente um parasita, que com sua lábia e desonestidade, por baixo dos panos, fizera com que acreditassem justo no contrário. Alimentara um monstro, que o engolira ao final. Produzira tanto e estava desempregado. O inútil e seu amigo, graças à vitória da esperteza, da fofoca de corredor, do diz que diz e da desonestidade, continuariam tranquilos. Ele, que mantivera uma postura de não dar ouvidos nem estimular conversas inúteis, estava ferrado. Trabalhara o tempo todo, produzira para a firma, para seu chefe imediato. Fora de uma lisura completa. Evitara perder horas e horas de

produção, como muitos faziam, passeando pelos corredores, andando de sala em sala para saber das últimas, ouvir boataria, inventar fuxicos... Acreditara que, com seu trabalho, com sua produtividade, não precisava usar outras formas menos corretas de agir, e que ele odiava.

E o Álvaro, hem? A dor que sentia quando pensava nele era muito, muito difícil de suportar. Tantos anos de companheirismo. Ele sempre atencioso, procurando safar o amigo tão desorganizado, sempre com mais mês que dinheiro, coitado! Ia pois, ao longo dos tempos, emprestando-lhe um pouco aqui, um pouco ali. E não é que não tivesse onde empregar. Para o dinheiro sempre há lugar. Deixara, por vezes, de ir às sextas-feiras com o pessoal a um chopinho ou a um cinema para emprestar-lhe — muitas vezes dar-lhe, já que sempre *esquecia* de devolver — o dinheiro que precisava. Não eram grandes quantias, é verdade, por isso sentia-se inibido de cobrar e também de negar cada novo pedido, mas era o que podia fazer e, aliás, nunca ninguém o fizera por ele próprio. Por outro lado, nunca pedira um tostão, consciente de que devia viver dentro de suas possibilidades.

Que raiva lhe dava agora ao recordar! Bem, tinha orgulho de saber viver dentro das suas posses. Só comprava o que podia: compras só à vista, com o dinheiro na mão. Não pagava juros. Lazer, sempre dentro do orçamento: na possibilidade do orçamento. Mês que dava iam a teatro, um cinema, um jantar numa pizzaria ou no La Mole da Tijuca. Nada de extravagâncias.

Aniversário, tudo bem, era dia de festa. Mas tudo dentro da realidade. Ana fazia tudo em casa, era muito mais barato. Os presentes eram escolhidos pelas crianças com antecedência e, aí, ele sempre dava um jeito de juntar o necessário, economizando aqui e acolá — não as decepcionara jamais!

Agora, a pessoa que usara e abusara da sua capacidade de economizar e ser organizado, justo ela, se arvorar no direito de julgar o seu estilo de vida, esse mesmo estilo que lhe valera tanto, tantas vezes... Era muito, muito doloroso ouvir isso de alguém que privara de sua intimidade, de sua franqueza e generosidade. Verificar que essa pessoa apenas se utilizara de você e, no fundo, talvez o desprezasse — talvez até risse e comentasse com outros às suas costas — a forma pela qual você vive... O incidente revelara-lhe os reais sentimentos do amigo em relação a ele. O que se diz na hora da raiva, aquilo que sai sem censura, pura emoção — Alberto sempre acreditara nisso — é o que expressa a verdade mais verdadeira, porque desprovida de crítica, de polimentos sociais.

E a história dos relatórios? Sim, ele sabia fazer isso muito bem, mas não deixara de ser uma tremenda ingratidão o Álvaro dizer que não fora favor nenhum. A responsabilidade era dos dois, mas ele concordara em fazer sempre sozinho por amizade. Bem, em parte, até preferia, porque às vezes era muito mais rápido fazer só do que aguentar o ritmo e a dispersão do outro. Dessa forma, o Álvaro saía mais cedo, ia lá pras farras dele, ele não ligava, gostava de atendê-lo. Afinal, era o seu melhor amigo, o único com quem falava de tudo. Sabia o quanto ele gostava de uma paquera, por que não liberá-lo de algo que odiava? Eram amigos ou não? E se os relatórios eram trabalhosos, de todo modo alguém precisava fazê-los e ele não se importava... Mas daí a dizer que não lhe devia nada, era demais... Depois, pensava, como ele pudera negar-se a ir com ele à Presidência? O interesse era dele, claro, o Álvaro estava já arranjado em outro lugar, mas e a amizade? Onde ficava? E não era até uma questão de honra? Deixar passivamente que se despedissem os que mais trabalhavam? Agora — tarde demais — reconhecia que errara ao compactuar com a inércia. Devia ter alertado o chefão para o fato. Mas não, permanecera calado, porque parecia-lhe falta de moral denunciar um colega. Só não lhe ocorrera que se um colega não trabalha, ele já não tem moral, vive à custa da produção dos colegas. Um usurpador do alheio. Um ladrão como outro qualquer, ah, maldito corporativismo, maldizia-se. Fora mesmo um estúpido completo.

Outra traição fora não lhe terem alertado a tempo sobre a gravidade da situação. Tantos amigos. E ninguém havia se dado ao trabalho de lhe dar um toque... Teria buscado novo emprego, coisa que leva meses hoje em dia com essa recessão braba, mas podia ter tido uma chance. Assim, sem lhe terem dito uma palavra sequer a respeito, fora pego desprevenido, sem chance de barganhar o que quer que fosse. Será que não gostavam dele? Ninguém o considerava amigo? Deus, essa ideia era-lhe intolerável.

O pensamento ia e voltava ao Álvaro; e aí sentia uma opressão no peito, uma dor quase física. Fizera um papelão, que idiota fora! Revia a cena: ele agarrado à camisa ou ao braço do amigo, que tentava se desvencilhar — pareciam protagonizar uma dança estranha, performática, aqueles balés modernos. Sorriu, amargo. Confrangia-se ao lembrar o semblante carregado de ódio com que o outro o fitara. Fora um instante revelador. Percebera que o Álvaro o achava um imbecil, um quadrado, um retrógrado. Lembrava-se agora que muitas vezes, de brincadeira, chamava-o de puxa-saco, baba-ovo de patrão e outras coisas semelhantes. Mas, agora compreendia, não era brincadeira. Ele achava mesmo... Só que Alberto nunca dera importância, parecera-lhe sempre uma forma carinhosa de tratá-lo, devido às severas diferenças de postura que tinham. Quando ele o chamava cê-dê-efe, caxias, salvador da pátria, não ligava. Sim, eram muito diferentes, mas e daí? Do seu lado, sempre o respeitara, mesmo achando-o meio safo, naquele seu jeito de sempre ir enganando a esposa; enrolando nos prazos de entrega dos trabalhos (apesar de reconhecer que era competente no que fazia), dizia que era "uma questão de princípios", para "não acostumar mal o patrão"; paquerando aqui e ali, enrolando-se para agradar as garotas, enquanto em casa tantas contas a pagar... De certa forma, era condescendente com ele, achava-o só meio imaturo. Mas não o julgava, nem menosprezava. De modo que, ao vê-lo desdenhar da ajuda que sempre lhe dera, do apoio, ainda demonstrando considerar seu jeito de viver ridículo, sentira um choque e uma raiva incontroláveis, o que o levara a desesperar-se, agarrando-se a ele naquele corpo a corpo como que desejando sacudi-lo, esperando vê-lo desmentir tudo o que dissera. Mas não, ele reiterara tudo. Decididamente, enganara-se. Não era quem pensava. Era mesquinho, egoísta e interesseiro. Revolta e amargura invadiram-no.

De todos os problemas surgidos durante o dia, o que mais o magoara fora essa perda. Sentira-se ferido. Era uma pessoa leal, incapaz de deixar um amigo na pior. Por isso sempre fora muito severo nos seus julgamentos. Não aceitava traições ou fraquezas. A pessoa tinha que ter coragem de ir em frente, lutando pelo que acreditava, pela verdade, pela amizade. Eram valores que norteavam toda a sua vida. Ficava desestruturado quando via triunfar pessoas cuja ética, cujas atitudes eram determinadas pelo interesse pessoal, pela ganância; considerava como piores defeitos a inveja, a dissimulação e as pessoas que se aproveitam das outras. Recriminava-se por não ter agido logo contra o Alípio: era um tipo pernicioso, imoral e perigoso. Assim que foram apresentados, três anos antes (quando ele entrara para a firma), sentira aquele tal mal-estar que o avisava contra certas pessoas. De forma intuitiva, sentira que não gostava dele. Era o tipo que sempre encontra uma forma de nada fazer, ou de fazer mal-feito. Depois, com aquela conversa "colega, dá uma luz aqui, vê se tá legal", acabava sempre transferindo para outros o que estava fazendo. Bem, como o esquema de trabalho do grupo de engenheiros era conjunto, ficava difícil lutar contra os fatos. Alguns dias chegava tarde, em outros saía cedo. Era só o patrão não estar, que ele sumia. Conquistava as secretárias e outros funcionários trazendo bombons, um agrado ali, outro acolá. Nunca esquecia o aniversário de ninguém. Era atraente, bem-falante e educado, difícil perceber logo seu jogo. Além do que, usava sua capacidade oral tão bem, que parecia saber mais que todo mundo. Ah, ele sabia se fazer admirar!... A secretária do presidente da firma, uma velha seca e amarga, derretia-se toda por ele. Dizia-se à boca pequena que até dormira com ela. Verdade ou não, as portas do gabinete estavam sempre abertas para ele. Nem marcar entrevista precisava. Já com Alberto! Só raramente ia lá. Detestava que o tomassem por um desses puxa-sacos. Quando ia era porque havia algo de extrema importância — sempre assunto profissional — para tratar. Às vezes, a danada da secretária seca o fazia voltar três vezes, até encaminhá-lo. O "doutor presidente" está numa reunião, ou "o doutor presidente" está revendo um relatório importantíssimo etc. Sentia-se um estorvo, uma pessoa que incomodava, alguém pedindo uma esmola. E os assuntos que levavam-no ao chefe eram sempre de interesse da firma, não dele, que recebia seu salário no fim do mês fazendo ou não aquele algo a mais que o Álvaro adorava criticar. Mas acreditava no seu trabalho, sabia que, muitas vezes, apresentava boas ideias. Não saberia dizer quantas vezes discutira com os outros engenheiros um plano, uma forma diferente de solucionar algum problema. Mas ao chefe, ao "senhor doutor presidente", suas ideias nunca chegavam. O Alípio várias vezes as apresentara como sendo dele. Claro, só muito depois Alberto percebera essas jogadas. Mas aí, como provar? Fizera o mesmo com o Álvaro.

O quarto engenheiro da equipe era um homossexual muito tímido. O Alípio era tudo o que o pobre sonhara ser na vida, de modo que em pouco tempo transformara-o no seu ídolo, pouco se importando em ser explorado. Servi-lo era seu maior prazer. Trabalhava, feliz, pelos dois.

Por vezes, revoltado, Alberto tentara quebrar o esquema. Com muito tato, encaminhara uma ou outra conversa centrando-a no Alípio; ora com um funcionário, ora com uma secretária, ora com o encarregado do ponto. Tentara minar a infraestrutura que o safado organizara em prol dele mesmo. Mas não era hábil nessas coisas; quando percebiam suas tentativas, de imediato rasgavam-se em elogios, ressaltando-lhe as qualidades, contando tudo de bom que já fizera por eles. Algumas tentativas depois, compreendeu que estavam todos devidamente corrompidos. Ninguém queria saber de desmascarar o homem. E menos ainda — percebera — ficariam do lado de quem tentava desmascarar um sedutor.

Deveria ter lutado mais. As suas ações, reconhecia agora, haviam sido débeis, fracas: tentara atacar o inimigo no que sabia fazer de melhor — seduzir e corromper. E, lógico, tudo tinha sido em vão. Desconfiava que, afinal, essas suas tentativas só o tinham desmoralizado, a ele Alberto, que teria sido visto como intrigador, fofoqueiro etc. Na verdade, sabia que nunca teria feito nada em termos concretos, tipo juntar provas por exemplo. Sentia-se muito mal, incapaz mesmo de preparar uma armadilha para um colega. Mesmo para um verme como o Alípio. Ademais, as coisas iam indo, caminhavam, de todo modo. Acabara acostumando-se àquilo.

E agora fora, simples e literalmente, jogado fora. Tímido e humilde, nunca alardeara seu saber. Não paparicava ninguém. Era educado, polido, mas não era dado a grandes papos, nem a demonstrar muito seus sentimentos. Por isso, grande parte dos funcionários da firma até o achavam metido. Mas não era, não. Respeitava e gostava de todos. Apenas não era de exteriorizar seus sentimentos. Considerava normal produzir o que lhe era pedido. Ganhava por isso. Não lhe passava pela cabeça usar esquemas de sedução com as pessoas. No íntimo, revoltava-o sequer pensar em dar alguma coisa a alguém, visando alcançar alguma regalia ou privilégio. A não ser, é claro, no caso dos sentimentos. Nesse campo, acreditava na importância da reciprocidade. Ninguém se sente feliz amando sem ser amado. Claro, ninguém que seja mentalmente saudável. Quem é amigo, quer amizade, quem ama, quer amor. Mas subornar alguém, mesmo que com um inocente presentinho, jamais o faria. Compreendia, não sem amargor, que justo esse seu modo de ser correto, coerente e honesto é que o havia, de certa forma, conduzido à situação atual. Tinha lido certa vez, não lembrava onde, e na época achara um absurdo, um artigo que falava algo assim como o que estava vivendo agora: as pessoas não só não queriam ser honestas, corretas, justas, trabalhadoras como odiavam as que agiam desta forma. Porque, dizia o artigo, elas terminavam por ser a consciência das outras. Ver a perfeição, a correção, fazia com que se defrontassem com as suas próprias limitações e vilezas.

Ver alguém agindo com lisura, fazia com que se lembrassem das artimanhas que usavam. Quem sabe não fora isso também que o condenara a ser jogado fora? Não estaria ele incomodando demais só com a sua simples presença? Não que ele fosse perfeito, Alberto sabia de seus problemas. Era caladão, sem muito senso de humor, não brincava, nem gostava que brincassem com ele, vivia meio isolado, meio sozinho. Enfim, não era de grandes arroubos, nem muito falante. Quanto ao trabalho, porém, ninguém poderia falar nada. Produzia, esforçava-se sempre mais e mais. Parecia-lhe agora, entretanto, que não era bem isso o que as pessoas mais apreciavam...

Mesmo vendo o triunfo dos que ludibriavam e seduziam, encarava o que lhe estava sucedendo apenas como um fato adverso. Talvez até causado, em parte, por sua omissão. Era um momento difícil, mas que seria superado, pensava. Devia ter tido outra atitude, logo de início, quando percebera o jogo que estava se formando. Mas, acreditando que não o afetaria diretamente, silenciara. Ah, Brecht! Seus poemas estavam cobertos de razão: esperara a invasão chegar ao seu quintal e agora era tarde demais...

Pelo menos, ainda tinha quem acreditasse nele. Ana, as crianças. Que maravilha, elas o esperavam em casa. Havia tempo ainda para superar a terrível situação que se formara; com o dinheiro do aviso prévio, férias e outras vantagens, teria recursos para uns três meses. Ainda tinha algum na caderneta de poupança.

Agora, quanto ao aluguel... Aí é que a coisa estava pegando. Não sabia ainda qual seria o valor fixado pelo juiz, mas logo o avisariam. Com certeza, não teriam, então, nenhuma dificuldade em comunicar-lhe. Rápido o encontrariam e avisariam. Talvez tivessem que se mudar. Talvez um apartamento menor no subúrbio, nem que fosse provisoriamente...

Decidira não contar tudo de uma vez a Ana. Ela andava tão esquisita, preocupou-se. Calada, distraída. Quase não conversavam à noite. Há muito tempo aliás. Sentiu um certo temor. Qual seria a reação dela? Não, estava sendo injusto. Ela era tão amiga, sempre solícita, pronta a ajudar. Nunca reclamava de nada. Com calma, a colocaria a par das crescentes dificuldades dos últimos tempos. Arrependia-se de ter calado tanto tempo. Certo, fora por orgulho e também pela velha onipotência: ele encontraria a solução para tudo. Mas fora também por um pouco de protecionismo e outro tanto por orgulho ferido. Irritava-o saber-se em dificuldades. Mas ele as venceria logo, logo. Assim pensara nos últimos tempos. Enganara-se. Agora, tudo se avolumara de forma drástica. Já não era possível continuar calado. Precisava dividir com Ana. Ela, com certeza, saberia fazer diminuir sua angústia e amor-próprio ferido. Ademais, dela dependeria também diminuir gastos, administrando os poucos recursos com que contariam até que encontrassem novo apartamento e emprego.

Esta noite seria decisiva. Teria uma longa conversa com Ana. Juntos, encontrariam forças para tudo. Era uma grande mulher. Em todos os sentidos, pensou lembrando-se, de repente, de sua bundinha arrebitada. Precisava tanto dela...

A todo momento voltava-lhe à memória, com amargura, a imagem do miserável advogado, que tantas vezes o ludibriara com a ridícula história do "pobre velhinho, dono de um único imóvel". Pois não era pura mentira? Era um senhor sim, de sessenta e cinco anos, mas riquíssimo, com mais de vinte propriedades. Soubera disso, por mero acaso, quando, quase cambaleando, saíra do escritório daquele réptil pela manhã.

Quase empurrado, inclusive, lembrou-se magoado. Já no térreo, nervoso, sentira girar-lhe a cabeça. Recostara-se na pilastra da entrada para recompor-se quando vira parar, à entrada do prédio, um lindíssimo Mercedes do ano e dele saltar um elegantíssimo senhor, cabeça branca, fartos bigodes, um terno impecável, andar imponente, e que já na entrada do prédio fora, de imediato, muito cortejado pelas pessoas que lá estavam. Distraído da tontura, Alberto perguntara ao porteiro:

— Quem é a figura? Algum deputado?

— Nada! Conhece não? É dono desse prédio todo e de mais um outro lá na Praça Barão de Drumond, número 26, acho que é, sei lá. Tem mais outro, lá no Leblon, parece. É podre de rico...

— Qual o nome dele? — conseguira perguntar, com esforço, após identificar, pasmo, o seu endereço.

A resposta só viera confirmar o nome do seu senhorio. Constava lá do contrato. Já sabia de cor, depois de tantos anos. Fora sordidamente enganado — pelo simples fato de ter sentimentos. Coisa mais incrível de acreditar! Com toda a dor que estava sentindo, pensava também em como deviam ter rido à sua custa, o que o deixava a um tempo irado e desolado. Continuava a achar que, sem dúvida, ele é que estava certo. Porque o que o levara a agir dessa forma fora um sentimento genuíno e inquestionável de solidariedade humana. Ele estava certo. Sacanas eram os outros.

A razão e a humanidade estavam do seu lado.

Não seria por conta de uns poucos indivíduos inescrupulosos, imorais e gananciosos que iria abandonar suas mais caras convicções. Toda essa gente, ao final, seria punida. Com certeza. Toda a sua vida havia sido assim — corajoso, correto, honesto. Já passara por inúmeras situações, revia agora mentalmente, em que a esperteza e a desonestidade tinham conseguido levar a melhor. E nunca esmorecera. Criticava, com dureza, os que se deixavam levar por sentimentos menos nobres para alcançar benefícios pessoais. Não seria dessa vez que se deixaria desestimular. Eram, sem dúvida, dois golpes muito fortes, num mesmo momento. Reconhecia que seria o período mais duro em toda a sua vida. Mas era necessário que lutasse, com mais garra ainda, para provar que podia vencer esses desavergonhados. Ele iria provar que estava certo. Era o primeiro a criticar os que tentavam subir através de pistolões. Não fora ele quem, alertando o síndico do prédio, conseguira despedir, sem o menor remorso, os empregados que descobrira roubando material de limpeza do estoque do condomínio para vender a outros prédios? Justa causa neles. Isso. E outros episódios foram se sucedendo em sua mente, enquanto o ônibus continuava seu caminho, preguiçoso, enfrentando a terrível hora do *rush*. Seus balanços e freadas embalavam os pensamentos de Alberto, que corriam céleres, refazendo o itinerário de sua vida. Era duro com os outros. Seria duro também consigo. Lutaria. Sobreviveria.

Sentiu-se melhor. O Álvaro que se danasse, amigo falso. E o puxa-saco do Alípio seria fatalmente desmascarado com o tempo. Aquela pobre *bichinha deslumbrada* não ia poder produzir por quatro. Além disso, aquele amor sem esperança logo iria se desfazer, que o Alípio não era dado a certos gostos. Talvez até o chamassem de volta mais rápido do que pensava. E o miserável do administrador do seu apartamento, com certeza, algum dia, iria pagar por utilizar-se da boa fé das pessoas. Deus iria reverter suas perdas. Sem dúvida, mais cedo ou mais tarde... Com esses pensamentos na cabeça, sentiu-se relaxar um pouco. Adormeceu. Despertou dois pontos adiante da sua parada, zonzo, sem saber onde estava. Desceu aos trancos, pensativo, vencendo os dois quarteirões de volta... Pensava em Ana, no quanto teria a lhe contar, lembrando-se, com pesar, que não a fizera ciente de nada quando as coisas tinham começado a apertar. Seria um choque. Mas ela iria, com certeza, compreender. Mulher fiel estava ali. Era uma leoa, sabia encontrar solução para tudo. Sentiu-se confiante e apertou o passo...

Capítulo VIII

Quando entrou em casa, Alberto logo percebeu alguma coisa diferente. Sempre entrava pela porta de serviço, que ia dar direto na cozinha. Em nenhuma ocasião anterior, porém, encontrara as coisas como agora: verduras e legumes, já meio murchos, amontoavam-se no pequeno aparador que lhes servia de mesa. Dentro da pia, a louça esperava ser lavada. E reconheceu, olhando melhor, ainda estavam ali as xícaras utilizadas no café da manhã. Muito estranho. Estaria Ana doente? Por outro lado, no fogão nenhuma panela... Sempre que chegava, desde o corredor, ainda fora de casa, podia sentir o cheirinho gostoso da comida pronta, quente, esperando-o. Era entrar na cozinha e ver as panelas, alegres, borbulhando no fogo...

Deus do Céu, pensou, o coração disparando. Mais uma hoje eu não aguento, gemeu. Sentiu um aperto forte no peito, enquanto transpunha, quase correndo, a porta que levava à sala. Ninguém ali. E as crianças? Onde estariam, que ainda não haviam corrido para ele? Elas pareciam estar sempre de ouvidos em pé, eram as primeiras a reconhecer qualquer barulhinho que denunciasse a sua chegada, ainda no corredor. Era o chaveiro que chocalhava as muitas chaves umas contra as outras e já ele ouvia lá do fundo dos quartos um ruído leve crescer em direção à porta, pezinhos ansiosos correndo, as vozes "papai, papai"...esperando, agitadas, que abrisse a porta para saltarem-lhe ao pescoço.

Tentou chamá-las, agoniado, mas a voz não lhe saiu dos lábios. Pensou ter dito "Ana, Débora, Júnior", mas nada se ouviu. Sentiu, como nunca, o quanto os amava na pequena fração de minuto que antecedeu à chegada de Ana à sala, vinda do quarto.

Alberto olhou-a aliviado. E só então a viu. Aos poucos foi-se deixando tomar pela admiração. A anterior agitação cedeu lugar à incredulidade: dramaticamente enquadrada pela esquadria da porta do quarto de casal, vestia uma camisola nova, que ele nunca vira, transparente, com muitas rendas dispostas de forma sensual e atrevida denunciando o corpo bem-feito, e — Alberto mal podia crer — estava sem calcinhas. Sim, podia ver com clareza, nada por baixo... Chocante, atraente, inesperada, sensual... Parada, encostada de leve no mural da porta, um dos pés delicados apoiado no outro, provocando uma leve dobra no joelho que se projetava à frente. Os cabelos escovados por mão hábil, de forma a ficarem revoltos, o rosto quase sem maquilagem, apenas um leve batom rosado nos lábios entreabertos. E ela ali, parada, um leve sorriso, entre tímido e envergonhado, um brilho desconhecido nos olhos. Parada, esperando, sem dizer nada.

Uma eternidade se passou até que conseguiu gaguejar, sem saber o que fazer, nem o que pensar, sem jeito:

— On-onde estão as... as... crianças? O que, o que houve? Você es... está bem? — balbuciara.

Algumas horas antes, sete ou oito apenas, quando Ana conseguira finalmente entrar em casa, desvencilhando-se do rapaz, tonta com tudo, sentara-se no banquinho da cozinha e ficara imobilizada, pensando, pensando... Sentimentos de culpa, recriminações, autocríticas violentas, xingamentos em série alternavam-se com as lembranças vívidas, palpáveis, de tudo que sentira. E que ainda sentia. Quando afinal conseguira entender, ou melhor quando pelo menos começara a perceber o que lhe ocorrera, já deixara de lado qualquer remorso.

Em seu lugar começara tomar forma uma ideia que, a cada momento, parecia-lhe mais viável, talvez não desse certo, mas sabia que queria tentar. Iria lutar para preservar sua relação com Alberto. Era bom demais o que descobrira sobre si mesma — e essa descoberta estaria presente agora e para sempre. Esse gozo, esse prazer, esse desejo, uma sensação de vida, de plenitude, isso não aceitaria deixar de ter nunca, nunca mais. Excitada com tudo, agitava-se, a cabeça num verdadeiro torvelinho. Precisava acalmar-se e agir. Por que não mais uma vez, com Alberto? O fato de ter se entregado a um estranho não a perturbava mais. Em sua ingenuidade convencera-se de que, em boa parte, a vida sexual insossa podia ser culpa também dela, que jamais demonstrara nem sentira tanto ardor, tanto fogo como aquela tarde. O que lhe acontecera para mudar tanto, para deixar assomar alguma coisa que nunca antes aflorara?, perguntava-se. Não importava, concluíra. Ela existia como mulher. Essa, a grande descoberta. E, pensava, se ela própria não se conhecia até então — esta Ana de fogo, mulher — como poderia alguém mais conhecê-la, saber de seus anseios e desejos? Não valeria a pena mostrar-se? Lutar por Alberto, por ela, por uma vida mais rica, completa, plena e feliz? Valia sim.

Tomara, então, a decisão. Ela era uma lutadora, começara de imediato a agir. Tinha um plano em mente e o tempo voava. Saiu, deixando tudo como estava, dane-se a casa e a comida!, pensou pela primeira vez. No elevador, reviveu cada abraço, cada sensação de há pouco. O corpo jovem respondeu às lembranças, vívido. Saiu correndo à rua. Suava sem parar. Telefonou do orelhão para a Sandra, sua amiga mais íntima, pedindo-lhe para ficar com as crianças ao final da tarde e até o dia seguinte, quando iria buscá-las para levar à escola. Ela também tinha dois filhos, cada um era companheiro de turma de um dos seus e tinham se tornado amigas naquelas idas e vindas de leva e traz crianças. Já quebrara muito galho da amiga, agora era sua vez de ser ajudada.

Tudo combinado, correra a buscar os meninos, já carregando todas as tralhas de que iriam precisar até o dia seguinte. Voltara em pouco mais de uma hora à casa. Estava excitada, nervosa, até um pouco descontrolada. Parecia que suas mais fortes emoções assomavam de uma só vez. Não conseguia nem pensar em executar qualquer de suas tarefas habituais. Queria que aquela noite fosse inesquecível, marcasse um novo início. Tinha, portanto, que ser diferente em tudo e por tudo. Nem lembrou das frutas, verduras, da louça, da cozinha — desleixada uma vez.

Começou por preparar o quarto, colocando o mais bonito lençol e a colcha de *matelassé*, de que tanto gostava. Essa era só para os dias de festa, quando recebiam visitas.

Olhando a cama, percebeu o quanto se guardara para momentos futuros que nunca tinham acontecido. Talvez não acreditasse que ocorreriam. A colcha era como ela: arrumada para uso externo. Mas não: ela decidira dar um basta à mesmice daqueles dias e aos insípidos encontros na cama de casal. Agora cada dia teria que ser único, como única era aquela colcha. Por isso, aquela noite tinha que começar bem — para que pudessem conversar sobre aspectos íntimos do relacionamento era preciso toda uma situação favorecedora — tinha que haver um clima especial que encaminhasse tudo de forma perfeita. Afinal, nem um nem outro haviam se habituado a conversar sobre sexo.

O quarto ficara acolhedor. Apesar de toda a economia que andavam fazendo, achou que valia a pena um jantar caprichado. Mandou vir de um restaurante ali perto, na Tijuca, uma massa que Alberto adorava: espaguete ao vôngole. Custava caro, mas era um investimento. Lembrou do champanhe que tinham ganhado de uns amigos, quando fizeram dez anos de casados. Sim, estava tudo perfeito. A sobremesa, sorvete de creme com peras cozidas num tiquinho de vinho branco — por sorte havia um pouco numa garrafa aberta na geladeira — já estava colocada nas taças individuais. Tudo perfeito...

Tomou um demorado banho, depilou-se, perfumou-se, buscou no fundo da gaveta a camisola que já tantas vezes experimentara mas nunca usara. Num gesto de audácia, que lhe acelerou a pulsação, colocou-a sobre o corpo nu, sentindo, apenas com este gesto, insuspeitada excitação. Na verdade, não sabia se era prazer ou medo. Como reagiria Alberto? Às vezes ele parecia tão conservador, tão recatado e moralista... Contudo não podia deixar de tentar. Tudo seria feito conforme planejara.

Os preparativos haviam lhe tomado mais tempo do que imaginara. Nem percebera o tempo passar. Mal acabara de arrumar tudo, e já ouvia as chaves na porta. Alberto chegara. De repente sentiu-se aterrorizada. O que há poucas horas parecia-lhe uma grande ideia, agora soava-lhe como loucura. Pareceria a ele uma prostituta, uma oferecida? Seria ele capaz de entender? Afinal, seriam também dele os seus anseios? Sentiu as mãos molhadas por um suor frio, viscoso. Percebeu as axilas úmidas. Odiava o fato de transpirar quando se enervava. Não podia ficar com aquelas marcas horríveis sob os braços. Correu para o banheiro, lavou-se atabalhoadamente, enquanto pensava se não seria melhor jogar tudo para o alto e voltar a ser a Ana de sempre. Ainda daria tempo se quisesse, mas não queria, não queria mesmo. Passou então em seguida desodorante, perfume... Um segundo mais e ouviu os passos do marido atravessando a sala, uma parada interrogativa, e o ressoar da caminhada de novo. Tinha que chegar à porta do quarto antes dele, como programara. Era preciso surpreendê-lo...

Olharam-se sem falar. Agora que tudo acontecia, Ana não sabia como agir. Alberto parecia paralisado. O que significaria aquele olhar surpreso, pensou Ana à beira de um ataque histérico. Estaria ele achando-a bonita, atraente? Os segundos sucediam-se. Ana apenas ouvia as batidas de seu coração, a boca seca, as mãos úmidas. As axilas de novo molhadas. Não conseguia fazer nem dizer nada, e o sorriso que colocara no rosto parecia-lhe estúpido. Sentiu-se aliviada ao extremo quando afinal ele, gaguejando, perguntara pelas crianças. Achara-lhe o olhar abatido, a expressão estranha. Uma pontada de decepção confrangera-lhe o coração. Esperava que, ao vê-la, compreendesse tudo, tomasse-a nos braços, acariciasse e beijasse, sem nada mais, sem perguntas, com paixão. E, no entanto, continuava ali, parado, meio apalermado, olhando-a com um certo ar de desconfiança, medo até. Sentiu-se fraquejar.

Não, não iria desistir. Lembrou-se que até aquela manhã nem mesmo ela sabia o quanto desejava mudar sua vida. Era normal ele estranhar, considerou. Calma Ana, disse de si para si, ele não pode deixar de estar surpreso. Aja! Comece você, uma vez precisa ser você, o resto virá.

Sem lhe responder a pergunta, caminhou devagar, estudada, sorrindo, os braços levantados em sua direção. Alberto permanecia boquiaberto. Ela enlaçou-o docemente, tirando-lhe a maleta da mão. Beijou-o com suavidade. Sentindo-o corresponder apertou seu corpo contra o dele, acariciando-o enquanto esmagava-lhe os lábios, primeiro com calma, lânguida, e depois, aos poucos, ardente, com paixão.

Quando tudo terminou, Ana não poderia estar mais arrasada. Pior — sentia-se morta. Tinham feito amor sim, mas o mesmo de sempre, corriqueiro. Após os primeiros minutos de surpresa, Alberto se deixara conduzir, mas logo em seguida, excitado, tomara a iniciativa e acabara reduzindo aquele momento a apenas mais uma daquelas relações, que ao final a deixavam insatisfeita, com um forte e incômodo sentimento de que alguma coisa faltara mais uma vez. Desencontro total, na verdade. Como sempre fora, compreendera.

Mais uma vez, não sentira nada. Seus esforços para comunicar-lhe suas necessidades físicas haviam fracassado. Toda a performance servira apenas para uma noite muito satisfatória para ele. Não percebera nada, nem de longe adivinhara o recado que ela lhe quisera dar. As sutilezas da cama arrumada para uma noite romântica, longa, a refeição trabalhada com tanto zelo, bom gosto e minúcia, passaram-lhe despercebidas. Ele gostara sim e muito. Ana sabia. Mas da maneira dele, seu jeito de todo dia. Fora inábil, insensível, sem capacidade para captar qualquer coisa, perceber ao menos que o inusitado de tudo aquilo deveria ter um significado maior, diferente. Como um trator, passara por cima da sua sensibilidade, matando toda esperança.

Quanto a Alberto, sabia — tinha plena certeza — ficara feliz. O corpo respondera de pronto: gozara, enlouquecido, em êxtase total. Mas não ela. Tudo fora como sempre. Uma relação rápida, que a deixara de novo vazia, sem vida, amarga. Ah, ela sonhara uns beijos, abraços e carinhos, para começar. Depois, como nos filmes, os dois jantando, calmos, saboreando cada garfada, pairando no ar, porém, toda emoção e vontade represadas, emocionando-os, levando-os ao gozo prévio do que estaria por vir. A mesa bem-posta, as flores e as velas, tudo tão perfeito!...

Nada, no entanto, acontecera assim. Não conseguira fazê-lo parar depois das primeiras carícias. Tentara, mas logo percebera que ele começava a se aborrecer e a impacientar-se. Não aceitou suas tentativas de jantarem antes. Em segundos, arrancara — sem nenhum toque de sensualidade aliás — sua camisola, puxando-a para a cama, da qual nem ao menos retiraram a colcha. Ali mesmo, apressado, tudo consumara, enquanto Ana, olhos fixos no pequeno rádio-relógio digital (como ela ficara feliz quando o compraram, adorava acordar com música, amava a cor verde de seus números, piscando à noite) já totalmente fria, deixara Alberto cumprir seu ritual, enquanto seu coração se enchia de frustração e ódio. Dois minutos. Exatos dois minutos o relógio marcara. Fora o tempo necessário para Alberto destruir suas ilusões. Um ódio frio, intenso, consequente a noites e noites — anos — de desejos frustrados. Ódio que nunca mais se apagaria do seu coração. Com sua insensibilidade, ele acabara de decepar qualquer possibilidade de entendimento entre os dois. Fora no que ficara pensando, enquanto Alberto a possuía, repetindo os movimentos ritmados, cada vez mais freneticamente. E ela ali, absorta, pisando e repisando o mesmo pensamento, imóvel, rancorosa. Quando ele enfim saiu-lhe de cima — parecera-lhe depois que havia demorado horas, e em seguida, ainda sorridente, dera-lhe uma palmada na bunda, virando-se de imediato para o lado e dormitando uns quinze minutos — Ana sentira a ira contida ir crescendo, crescendo, agigantando-se dentro de si. Como nos últimos dez anos, ainda dessa vez nada disse. Enquanto ele dormitava, lavara-se, melhor, esfregara-se com raiva, com força. Irritara até a pele sensível. Sentia-se arder, por dentro e por fora. Esperara impaciente que ele se recuperasse. Não demorara muito. Logo, levantou-se, anunciando uma fome de lobo. Obediente, servira-lhe o jantar.

Cheia de ressentimento, mal tocara no prato, embora Alberto tivesse comido e bebido com sofreguidão. O que, aliás, só fizera aumentar seu desespero. Ele nem percebera seu sofrimento. Abaixara a cabeça frente aos pratos que ela lhe trouxera, sempre silenciosa: a entrada, o prato principal, a sobremesa. Em pouco tempo, esvaziara, um a um. O champanhe, admirara-se ela, fora sorvido taça após taça até esvaziar-se a garrafa. Para um abstêmio contumaz, ele tivera uma performance admirável, constatara com redobrada amargura.

Não devia ter sido assim... Sonhara com muito romance, os dois comendo entre beijinhos e carícias, sorvendo o champanhe lenta e prazerosamente, enquanto conversariam. Mas não. Ele dera conta da refeição como um soldado voltando da batalha, pensara ressentida. Depois, ao segundo beijo, a despira e em poucos minutos tudo se consumara. Não lhe dera oportunidade de sentir nada. Por sua vez, ela não conseguira conduzir suas mãos para os carinhos com os quais sonhara. Suas tentativas não foram compreendidas ou, então, não foram aceitas. Tudo em função do prazer dele, da sofreguidão que sempre demonstrava. Fora tudo rápido. Como sempre. E depois, sentara-se para comer junto à cômoda pequena que ela improvisara como mesa, sem reparar em nada: na linda toalha de renda, castiçais e flores a um canto do quarto. No seu plano, tudo começaria ali. Primeiro com carícias, muitas e mútuas carícias e depois o jantar, a bebida, o clima, esse conjunto todo de coisas que culminaria na ida para a cama, abraçados, amantes, reencontrados, redescoberta a chama — o jantar se desenvolvendo com muito vagar, de forma *sexy*, ela quase nua, ele excitado mas galante, um papo relaxado e no fim, depois de tudo, o amor.

Só o ódio a impedira de irromper num pranto sem fim. Daqueles que quando começam parece que nunca terminarão, e só cessam por um ato violento da vontade contra o sentimento. O orgulho, a desilusão e a dor foram fortes o suficiente para impedir que deixasse aflorar tudo que sentira...

Não conseguiu compreender como ele podia não ter percebido nada do que se passava com ela. O que teria pensado? Que uma mulher, sempre recatada embora receptiva — obediente aos desejos do marido, talvez fosse mais correto dizer — de repente o esperaria quase nua, com um jantar especial, sem as crianças... em tudo diferente do seu habitual... e tudo para uma rápida transadinha? Ele achava então que era só isso que ela queria? Uma noite de prazer? E as suas tentativas nessa noite? De conduzi-lo a lhe dar um pouco de prazer também e não apenas apropriar-se do seu corpo? Como pudera ele negar-se a apreender isso mais uma vez? Não, ele não queria mudar nada, concluíra Ana. Estava bem assim: era isso. Afinal, pensando bem, não era ela que queria mudar? Então a mudança aconteceria. Ele podia contar com isso.

Alberto estava feliz, compensado das agruras daquele mísero dia... Consolara-se de todas as traições e desonestidades que lhe haviam feito. Ana — que mulher! Parecia ter adivinhado tudo que lhe acontecera. Resolvera compensá-lo de tantos dissabores. Arrumara as coisas de forma perfeita. As crianças fora de casa, a comida maravilhosa e ela, ah, Deus — como estivera maravilhosa, ardente e excitante. Que ideia incrível aquela camisola transparente sem nada por baixo. Sem dúvida ela fora a melhor escolha de sua vida. Como pudera sequer pensar que não o interessava mais? Nunca a vira assim tão fogosa, receptiva. Receptiva? Não, ela tomara a iniciativa, o que o deixara excitadíssimo, coisa que jamais supusera ser possível, justo naquela noite, quando tudo de ruim lhe acontecera ao mesmo tempo. Este seria o dia ideal para contar-lhe o que estivera escondendo nos últimos tempos. Um ombro amigo, era o que lhe faltava. Os instintos satisfeitos, o estômago feliz.

Ana o fitava perplexa. Fervia por dentro, enquanto uma ideia ia tomando vulto em sua mente. Fora tudo um terrível engano: o jantar, a sedução, a esperança de entendimento. Ingenuidade pura. Burrice, burrice, burrice. Que idiota tinha sido! Não havia chance para eles. Bom marido sim, isso ele era. Bom pai também. Mas naquele sentido tradicional de ser bom, isto é, cumpridor das obrigações. Mas homem? E mais depois daquela tarde — depois desta noite —, sabia que jamais dormiria de novo com ele. Como podia ser tão cego, insensível e miseravelmente egoísta? Servira-se do seu corpo da mesma forma como se servira do espaguete. Apenas o seu próprio prazer e necessidade importavam. Como sempre vinha ocorrendo ao longo dos dez últimos anos. Nem reparara que ela não comera, não bebera, nem — muito menos — sentira qualquer prazer. Tinha sempre sido assim. Como pudera ser tão imbecil a ponto de achar que tudo se resolveria? Talvez amanhã nem lembrasse o nome do rapaz, mas as sensações que lhe provocara, essas, nunca esqueceria. Iria procurá-lo, ou a outro qualquer, que lhe proporcionasse o que queria. Ao mesmo tempo, olhando-o, pensava: e se tentasse lhe falar? Haveria ainda uma chance para eles?

Em seguida, porém, todas as suas dúvidas e instabilidade emocional se dissiparam.

Fora estranho. Terminada a sobremesa, um silêncio inquietante instalara-se entre os dois. Súbito, começaram a falar ao mesmo tempo, juntos, no mesmo minuto. As primeiras frases saíram de enxurrada, como se temessem não haver tempo suficiente para colocar tudo em dia. Foi Ana quem primeiro se calou, assustada com o que estava ouvindo. A raiva cedeu lugar a uma angustiada surpresa.

O relato de Alberto fora rápido, patético, atropelado. Colocara para fora tudo que vinha ocultando há meses. O desemprego, o dinheiro da caderneta de poupança quase esgotado, o assustador aumento do aluguel, as ciladas dos companheiros do trabalho, a desilusão com Álvaro.

A Alberto parecera a princípio que Ana falara sobre alguma coisa que acontecera na feira, mas estava tão voltado para o que tinha a dizer que realmente não a escutara. Percebera apenas que em dado momento ela se calara. À medida que avançava porém em seu relato, foi percebendo sua expressão tensa, conturbada. Depois, não percebeu mais nada, a não ser que ela permanecera sentada bem na beirinha da cama, em silêncio, as mãos abraçando os joelhos, balançando o corpo de forma suave e ritmada, as lágrimas escorrendo pelo rosto. Pareceu-lhe repentinamente envelhecida, desgastada, desamparada. Era muito leal, a sua Ana. Sabia sentir com e por ele com uma tal intensidade... Havia muito poucas iguais. Então, mais animado, falou, falou horas. Desabafou tudo que sentia e que estava aprisionado no peito havia meses, numa verdadeira torrente.

Quando enfim concluiu, estava exausto, prestes a desabar num sono profundo, como não tinha há muito tempo. Que mulher!, ainda pensou, antes de adormecer, quase reconciliado com a vida.

Capítulo IX

Sentado no velho sofá estampado, uma das poucas coisas que sobravam no apartamento, fumando e bêbado, Alberto rememorava, pela milionésima vez, o último dia em que vira Ana e as crianças. Quanto mais pensava, mais revoltado, mais pasmo ficava. E menos entendia.

Nos últimos anos, não havia mais aquele clima de paixão do início de casados, mas naquela noite, inesquecível noite, em que Ana, pela primeira vez, se lhe apresentara não como a esposa e companheira fiel, mas como a fêmea ardente que ele desconhecia e que o maravilhara, justo no dia seguinte àquela noite delirante, maravilhosa, encontrara a carta. Fora espantoso.

Acordara no dia seguinte, achando que todos os problemas financeiros eram de menor importância tendo uma mulher assim ao seu lado, para amá-lo, ampará-lo, cuidar dele e tudo.

Fora trabalhar, já correndo o aviso prévio, com novas forças e disposição. Nada da depressão da véspera, nada de pensamentos negativos. Nem falara quase com os colegas, enfurnara-se em sua sala e trabalhara como se nada estivesse acontecendo. Era honesto, ia receber o salário deste último mês, portanto iria produzir. Talvez não com o entusiasmo habitual, afinal era humano mas, sem dúvida, com correção. Suas tarefas seriam concluídas, até findar o mês, quando então iria embora. Com toda certeza.

O dia passara calmo. Almoçara com os colegas, como sempre, ouvira uma ou duas piadinhas sobre aquilo que chamavam sua caxiagem, ou seja, o fato de ele, mesmo estando despedido, de aviso prévio, sabendo-se sacaneado, mesmo assim ter trabalhado toda a manhã, sem embromar. Aliás, essa era uma coisa que ele resolvera não mais discutir com ninguém: a sua integridade, a sua ética. Ultimamente, sentia-se cada vez mais só. Parecia que todos haviam perdido a seriedade, a vergonha. Aprendera com seu pai quando criança — e achava correto agora já adulto — uma série de valores que amava e respeitava. Sentia-se bem agindo com honestidade; não levava material do escritório, nem um clipe que fosse, para casa. Não seria agora, depois de tantos anos trabalhando ali, por estar despedido, mesmo de forma injusta, que iria violentar seus princípios. Por outro lado, não se sentia disposto a entrar em discussão de novo sobre algo que já tantas vezes se repetira e que provocava sempre olhares debochados e risinhos disfarçados, que o espicaçavam. Nessas ocasiões acabava sempre se exaltando, falando muito, o que não era do seu feitio, ainda mais em público, e de repente percebia ter caído de novo na brincadeira dos colegas que, entre emocionados e divertidos, consideravam-no o último exemplar de uma espécie em extinção

— o *homo eticus*. Quando isso ocorria, sentia-se ridículo, encabulado e parava de forma abrupta de falar, recolhendo-se a um silêncio furioso, que perdurava o resto do dia. Não, não iriam conseguir o que queriam: não hoje, que ele estava feliz, de bem com a vida, apesar dos terríveis problemas que tinha pela frente.

Saíra duas horas antes do final do expediente, como era seu direito e começara alguns contatos visando a um novo emprego. Sentia-se cheio de força, energia e planos. Utilizaria o dinheiro que restava da poupança, mais os direitos trabalhistas que receberia, para pagar o aluguel do mês, já fixado pelo juiz em cinco vezes o valor atual. Barra pesada, impossível pagar. E iria procurar outro imóvel, ao mesmo tempo em que procuraria outro emprego. Tinha que sair de lá o mais rápido possível. Pelo menos em princípio, tentaria conseguir um imóvel nas imediações do atual, já que pretendia manter a escola das crianças — pelo menos por enquanto. O reencontro com Ana enchera-o de uma força motivadora. Estava pronto para continuar a briga.

Chegara mais cedo em casa, os contatos tinham sido inúteis, não conseguira marcar nada, nem uma entrevista. Ouvira as mesmas frases: "a coisa tá feia", "tem engenheiro até dirigindo táxi", "liga semana que vem", "aparece mês que vem" etc. No ônibus, no entanto, sentira-se de novo feliz, esperançado e francamente excitado. Só a lembrança da noite anterior era suficiente para esquentar-lhe os sentidos. Estaria ela esperando-o de novo daquele jeito? Sentia enrijecer-lhe o membro, só de imaginar outra noite igual àquela. Era gostoso imaginar...

Chegara apressado, até subira pelas escadas. Nem esperara o elevador. Como sempre, entrara pela cozinha. Estava tudo quieto. Como ontem. Quem sabe, iriam repetir a dose? O que esperar de uma mulher como aquela? Sentia-se estranho, agitado, como que à espera de algo. As crianças não estavam, com certeza. Tudo muito quieto para ter criança em casa. A cozinha estava impecável, arrumada, perfeita. Não havia sinal de comida pronta: fogão fechado, louça guardada, mesinha com as frutas no cestinho de vime, enfeitando. As luzes, entretanto, estavam todas apagadas, reparou intrigado. Qual seria a surpresa de hoje? Sentiu, outra vez, o membro intumescer, o coração acelerar-se, antecipando o prazer. Raios, parecia um adolescente indo ver a namorada... Atravessou a sala em largas passadas, jogando a pasta na poltrona, acendendo luzes e gritando o nome da esposa.

Mas Ana não estava. O quarto arrumado, o guarda-roupa com as portas abertas de uma forma que lhe pareceu indecente, estranho, arrombado, sem uma peça de roupa. Com o coração aos saltos, Alberto nada entendera — até encontrar a carta em cima da cômoda.

Lera e relera dez, vinte vezes. Naquela noite e em todas as demais. O que significava aquilo?

Ana o deixara, levara as crianças, repetia para si mesmo, incrédulo. Pedira que não a procurasse, falava de falta de realização sexual, de se descobrir como mulher, de uma nova vida que queria viver. Descobrira que gostava dele, mas que nunca o amara como homem. Que tentara, mas não dava mais. Queria mais da vida. Muita paixão, muito sentir, muito vibrar. Que naquela fatídica noite, pensara poder conversar com ele, bom pai, bom marido, cumpridor. Achara que valia a pena tentar, mas que ele não entendera nada. Que não sabia nada de como fazer uma mulher feliz na cama. Desde quando cama era o principal para ela?, perguntava-se. Que ela não tinha experiência, mas que iria ter. Iria experimentar muito até aprender tudo sobre o próprio corpo. Coisa de vagabunda, deve ter enlouquecido, pensava sempre ele, nesta passagem. Quanto às crianças ficariam com os pais dela, no sítio onde residiam, no interior do vale do Paraíba do Sul. Já tinha combinado tudo. Nem queria divórcio, desquite, nada. Tudo custava dinheiro e ele estava numa péssima situação, ela sabia. Olha só, muito generosa! Só queria viver, reconquistar os anos perdidos. Desejava que fosse feliz, que deboche! Pedia perdão por não ter forças, mas em especial, frisava ela na carta, nenhum desejo de lutar ao lado dele naquele momento difícil, afinal não era mulher de meias-verdades. Enquanto acreditava que se entendiam, tinha até se deixado enganar a respeito da vida em comum. Mas depois, naquela noite, quando, segundo ela, ele não entendera nada e lhe mostrara que nunca a faria feliz na cama e, pior ainda, lhe revelara a real situação financeira deles, aí então decidira: não, eles não tinham nem nunca tinham tido nada em comum. Se nem ao menos se falavam! Naquele momento, dizia ela, descobrira nele um estranho. Uma pessoa que nada lhe contava, que não confiava nela, que não a deixava partilhar seus problemas. E ela, lá, economizando uns trocados, achando que era só a carestia ou, o que é pior, incompetência dela. Enquanto isso, ele ia gastando as economias da poupança, sem nada lhe dizer. E ela se recriminando por não conseguir guardar nem um tostão das despesas. Escondera-lhe que não tivera nenhum aumento, deixara-a iludir-se quanto a sua real situação, até pensara que ele tinha uma amante... Claro, chegava deprimido, mas não dizia nada. Comia, via televisão, dormia. Dia após dia. Cada um representava seu papel com perfeição. Descobrira nos dois, dizia lá pelas tantas na carta, grandes atores. Ela representando o papel de esposa feliz, ele o de marido realizado. Demais essa!, pensara Alberto.

Algumas vezes, no lento decorrer dos dias que se seguiram, nos quais repetia à exaustão a leitura e releitura da carta, chegara a se flagrar pensando: "mulher é tudo igual! só tratando na base da pancada! mulher é para obedecer e criar os filhos"... Na revolta e impotência que sentia, o que lhe restava era apenas xingar, estrebuchar, condoer-se de sua sorte, maldizer Ana violentamente.

A tempos, voltava à leitura: mais adiante, ela continuava — as crianças, dizia, entenderiam. Um tempo na casa dos avós não lhes faria mal algum. De início, não lhes diria nada sobre a separação. Assim que ela se reencontrasse como pessoa, voltaria para buscá-los. E aí, lhes contaria o que fosse necessário. Pedia até — mau-caráter! — que não fosse vê-las, porque poderiam desconfiar de alguma coisa.

Como se ele pudesse! Nem o endereço do sítio a miserável deixara! Os sogros haviam mudado para aquele fim de mundo há alguns meses, eles pretendiam ir visitá-los mas não tinham tido oportunidade. Ana por certo anotara o endereço, mas ele não. Ela conseguira criar uma situação perfeita, sobre a qual ele não tinha o menor controle. Nenhuma forma de acesso ou de comunicação com os filhos era possível. Engraçado, pensava, como ninguém se prepara para certas coisas. Todos esses pequenos detalhes, anotações, pagamentos de despesas da casa sempre ficavam a cargo dela. Tinham tudo juntos, até a caderneta de telefones... Quem precisa de dois caderninhos de endereços, se os amigos, família, tudo era comum aos dois? Durante dez anos viveram como se o casamento fosse durar para sempre. Nada indicava que fosse ocorrer qualquer mudança. A primeira que ocorrera — a da Ana Erótica — ele adorara. Mas e a seguinte?

Descobrira assombrado que estava só. Não tinha pais nem irmãos. Por sua vez — sua mente, um turbilhão frenético, tentava encontrar algum caminho até as crianças — Ana era filha única, tinha só os pais e duas tias solteironas, bem velhinhas, que ele nem conhecera. Moravam em outro estado, São Paulo, parece, ou seria Minas? Não sabia. Também nem queria saber. Com os sogros, estava sem qualquer possibilidade de comunicação. E eles estavam com os seus filhos... Pés e mãos atados, descobrira-se procurando feito louco o tal caderno de endereços, mas nada, ela levara. Fora cuidadosa, como sempre aliás, constatara com amargura.

A primeira reação fora de total incredulidade. Simples — Ana enlouquecera. Só podia ser isso. Deus do céu! Inacreditável, não tinha como se comunicar com os pais dela. Só lhe restava esperar que ela recobrasse a razão e surgisse de repente, arrependida. Ah, mas ele jamais a perdoaria. Imagine, sair por aí bandalhando e depois voltar. Largar os filhos! Agora achava que naquela noite ela já não estava no seu juízo perfeito. Que pena! Como ele se realizara e a amara! E fora tudo uma ilusão. Se aparecesse, iria expulsá-la. Ah, mas isso sem sombra de dúvida!... Ainda mais depois de tudo que ele lhe contara, abrindo seu coração, expondo todos os problemas que estava vivendo, em silêncio, para poupá-la, justo no dia seguinte ela sumia? E para quê? Para ganhar experiência. Ganhar ex-pe-ri-ên-ci-a... Mudara de nome a coisa agora... Motivo fútil. Era uma covarde, isso sim. Fugira na pior hora. E levara seus filhos, sem lhe deixar nenhuma chance, nenhuma opção. Quando os amigos, nas rodas de chope das sextas-feiras, diziam que cabeça de mulher não foi feita para entender, só para carregar os belos cabelos, ficava revoltado, defendia-as. Achava que eram um bando de machistas. Agora, pensava, quem sabe não estavam certos?

    Todos os dias voltava do trabalho, sentava no sofá e ficava lendo e relendo a carta. Até adormecer, muitas vezes sem comer nada. Vivia desesperado, escutando qualquer ruído e imaginando que ela voltava. À noite, acordava pensando ter ouvido o choro do Júnior ou da Débora. Logo ele, que nunca levantara nem uma noite sequer para ver os filhos quando acordavam no meio da noite. Fazia os mais cruéis planos de vingança. Alternava-os com gestos extravagantes de generosidade e de perdão. Sentia falta das crianças, de Ana, da casa arrumada, da comida gostosa, da sua vida organizada. Sentia pena de si mesmo, lia e relia a maldita carta. Ela voltaria. Com certeza ela voltaria. E arrependida.

Mas o primeiro mês passara e Ana não voltara. Todas as noites a cena se repetia. Os mesmos pensamentos atormentados, a mesma sensação de traição. A mesma impotência.

    A cada novo dia que se passava, sentia aumentar seu desespero. Não entendia, nem jamais iria entender o que levara Ana a agir assim. Jamais considerou verdadeira a versão que ela dera na carta. Era um marido fiel, cumpridor dos seus deveres, respeitador, honesto. Nunca deixara faltar algo em casa, mesmo nos piores momentos. Só considerava uma possibilidade. A loucura. O desvario. Uma doença: um tumor cerebral talvez. Já lera uma vez numa revista e também vira uma reportagem no *Fantástico* sobre como certos tumores localizados no cérebro podem gerar alterações brutais de comportamento. Operando, a pessoa fica normalzinha! Sim, podia ser isso... E esperava sua volta. Não confessava nem a si próprio, mas era isso que fazia todas as noites. Parara de viver, de resolver quaisquer problemas. Ana iria voltar e — então sim — falariam do emprego, do aumento do aluguel, conversariam. Sim, nisso talvez tenha errado, admitia. Escondera tudo dela, para poupá-la, e ela ficara ofendida. Não lhe falara das suas preocupações, dos problemas que se avolumavam. Decerto ela não aguentara quando ele soltara tudo de uma só vez. Mas ela entenderia e voltaria. Jamais questionava, nem de forma remota, a vida sexual dos dois. Era-lhe inconcebível que uma moça séria, de boa formação, fina, deixasse uma família como a deles devido "a um motivo desses". Impensável. A questão central, claramente expressa na carta, esvaíra-se-lhe da mente.

Perdera a noção do tempo. Enquanto durara o aviso prévio, ia como um autômato, para o trabalho, executava de forma metódica suas tarefas e voltava para casa. Quase não comia. Acordava, beliscava alguma coisa que ainda havia na geladeira, depois comera o que estava estocado na despensa. Quando tudo acabara, comera no botequim ou na padaria. Nada era importante, até Ana voltar. Esquecera-se do problema aluguel, de procurar emprego. Vivia como se o mundo, o universo, tudo, tivesse parado de repente. Uma parada para esperar Ana. Era um intervalo, apenas isso, sonhava, alucinado.

Depois fora chamado ao Departamento de Pessoal, onde lhe pagaram o salário do mês e os demais direitos trabalhistas. Só então percebera que se passara um mês inteirinho. E Ana não voltara. E não vira mais seus filhos. Como um autômato, fora pela última vez até a salinha de trabalho, onde passara tantos anos de sua vida. Devagar, juntara as poucas coisas, os enfeites — até a planta que Ana colocara lá a sua revelia; aliás tinham tido uma briga e tanto por causa da samambaia — a calculadora, enfim todo o material que era seu. Nem um alfinete a mais. Cuidadosamente, fechara a porta e, ao voltar-se para sair, carregado de pastas, a samambaia arrastando suas verdes folhas choronas pelo chão, viu os amigos (amigos?) que lhe restava aproximarem-se meio comovidos, meio envergonhados, para a despedida inevitável. Até tinham comprado um presente para ele: uma placa de prata com os dizeres "Ao Alberto, último espécime de uma espécie em extinção. Boa sorte". Comovera-se com aquilo. E, pela primeira vez desde que tudo acontecera, prorrompera em um pranto convulsivo, inesperado e incontrolável. Chorara muito, deixando todo mundo perplexo. Fora um choro histérico, convulsivo. As lágrimas não estancavam de jeito algum. Queria muito parar, estava envergonhado, mas não podia. Aos amigos, parecia-lhes que lamentava o desemprego, mas ele sabia por que chorava na verdade. Toda a dor, o ressentimento, a impotência daqueles dias assomaram agora que alguém havia demonstrado um mínimo sentimento por ele. Era humano: alguém gostava dele, não era um cachorro sem dono, abandonado assim sem mais nem menos. Aquelas pessoas se importavam com ele. Tinham pensado nele, juntado dinheiro, mandado fazer uma placa com dizeres especiais, elaborados com cuidado para ele, só para ele... Não eram como certas pessoas, capazes de ir embora de forma furtiva, deixando uma carta, uma fria e impessoal carta, com tudo já resolvido, decidido, definido... Chorou tudo que não tinha chorado pela partida de Ana. E todos pensando que era por causa do emprego. Tentaram consolá-lo de todas as formas, abraçaram-no, deram-lhe esperanças, surpresos e constrangidos com aquela reação inesperada. Até o Álvaro aparecera. Afinal, conseguira ir embora. Queria voltar rápido para casa. Talvez ela tivesse voltado hoje, quem sabe? Era seu único e obsessivo pensamento. Tudo o mais tornara-se secundário. Mas também hoje ela não voltara.

Com o que recebera, saldara as contas que se acumulavam por toda a casa: condomínio, luz, gás, telefone. Também pagara a faxineira que vinha de quinze em quinze dias e despachara-a. Pagou o colégio dos meninos, o cartão de crédito e mais outras coisas que foram aparecendo, sem trégua, até que, antes que desse por si, o dinheiro acabara.

Aí, sem dinheiro para nada, fora à Caixa Econômica para liberar o Fundo de Garantia, devia ter algo em torno de um ano de salário ou mais e ele estava precisando urgente. Voltara três ou quatro vezes, o dinheiro não estava, mandavam voltar uns dias depois. Era uma exigência, um documento que faltava. Apesar da depressão em que estava, num esforço supremo, cumpria o pedido e voltava. De novo, mandavam voltar. O processo ainda não estava lá. Era recolhido ao fim de cada mês. Assim, passaram-se outros dois meses. E mais outro depois. Continuava entorpecido, como que hipnotizado. Não conseguia organizar-se e só saía de casa quando se tornava impossível deixar de pensar de forma prática. Às vezes, era a fome que o empurrava. Outras, o próprio desespero, outras ainda, o medo da solidão naquela casa quieta, muda, tumular. Nessas ocasiões, tentava alguns contatos, levava *curriculum vitae* para tudo que é lugar. Depois sucumbia à dor e passava dois ou três dias sem nada fazer. Acostumava-se, pouco a pouco, ao silêncio do apartamento. Criara até uma rotina. Lia a carta, chorava, bebia, fumava até adormecer no velho sofá. Vivia em compasso de espera. Nada tinha importância real. Apenas olhar a porta, escutar cada ruído no corredor, fascinado, esperando o som da chave na fechadura. Ana. Júnior. Débora. Nada mais importava.

Capítulo X

Acordou estremunhado, com a certeza de ter ouvido a campainha. Deve ter sido sonho, pensou. Já ninguém aparecia. Mas não, o som agora era perfeitamente audível e dir-se-ia, quem tocava o fazia com raiva, com determinação. Levantou-se, a cabeça rodando.

Surpreso, viu o homem bem-vestido e barbeado, cheirando a lavanda, a perguntar se ali morava o Sr. Alberto Santos Valqueire. Recebeu o papel, entregue com certa solenidade, e então pareceu-lhe tratar-se de um oficial de justiça. E era mesmo. Um oficial de justiça executando uma ordem de despejo. A sua ordem de despejo, compreendeu, após ler e olhar, algo aparvalhado, o senhor à frente da porta. Estava sendo informado de que teria um prazo de quinze dias para desocupar o imóvel. Motivo: falta de pagamento dos últimos três meses de aluguel. Lacônico. Indiscutível. Num vislumbre, lembrou-se de uns avisos da imobiliária, que lera, mas rasgara ou largara por lá. Também tinha havido uns telefonemas... sim, uns três ou quatro. Mas também não ligara. Estava mesmo sem dinheiro, sem vontade, desesperado. Esperava, sem muita convicção, o FGTS ser liberado para poder pagar o aluguel e tudo o mais. Agora percebia que o tempo e o mundo não tinham parado, junto com a sua dor. Ninguém se apiedara de sua situação, nem sequer estranhara um inquilino tão correto, que nunca atrasara um dia sequer os pagamentos em tantos anos, que aceitara acordos, que fora sempre cordato e amistoso, estar em tal situação. Antes aproveitaram-se dos seguidos atrasos para jogar-lhe a lei em cima. Sentiu um ódio surdo, uma onda de coisa ruim dentro de si. Mas foi só por um instante. Em seguida, estava de novo sentado, largado, na velha poltrona. Sem ânimo. Deprimido. Relendo a carta de Ana.

As coisas que lhe iam acontecendo agora, depois dos primeiros dias e semanas, encontravam um Alberto anestesiado, incapaz de sentir dor ou prazer, alegria ou raiva, desespero ou esperança. Concentrava-se única e obsessivamente na carta — única coisa que o interessava. Sentia-a como dotada de uma força, uma capacidade que o atraía de forma inexorável e fascinada. Culpava-a de tudo: era a detonadora de sua solidão e por isso mitificava-a. Odiava-a e respeitava-a. Parecia-lhe que era a única coisa que ainda lhe provocava algum sentimento diverso do vazio interior que o dominara após a partida de Ana e das crianças. De forma que, quando o despejo se consumou dias depois, de concreto tomara apenas a providência de voltar à Caixa Econômica Federal para verificar se o dinheiro já estava disponível. Porque se estivesse, teria tido a possibilidade de, pagando uma parte dos atrasados, fazer algum tipo de acordo com o proprietário para permanecer no imóvel. Temia mudar-se. Não pela mudança em si, mas porque, perguntava-se, como Ana e os meninos o achariam no novo endereço? Não recorreu, não pediu, não tentou acordos.

Mas o dinheiro não havia chegado. Fora recolhido para depósito dos juros e correção monetária do mês anterior, visto que ele não voltara na data marcada para o pagamento. Que ele voltasse dentro de uns vinte dias. Aí sim, era bem provável, o dinheiro estaria lá, dissera-lhe o impassível funcionário. Tentara explicar-lhe a situação, de como, sem esse dinheiro, perderia a única vinculação com o seu passado. O rapaz bocejara disfarçadamente, num irreprimível ar de enfado. Mostrara-lhe a enorme fila, dizendo-lhe que o seu não era o único caso e que a sua insistência estava atrapalhando o trabalho e atrasando as outras pessoas, que tinham, todas elas, o mesmo problema que ele. Sentira-se sem forças para discutir, de modo que acabara indo embora, arrastando os pés e o corpo.

E assim, a depressão em que se encontrava e a burocracia da Caixa Econômica fizeram-no deixar a casa onde permanecera durante dez anos e onde fora ou pensara ter sido feliz, onde acreditara ter organizado uma família, onde tivera filhos e os amara. Agora não sabia nem como procurá-los, nem que fosse para dar-lhes um beijo, um cheirinho, um abraço.

Acabou num hotelzinho barato, com as poucas coisas que lhe sobraram. Tivera que vender a maior parte para pagar as dívidas que teimavam em se acumular. Contas que não paravam de chegar. Assim, vendera móveis e utensílios para um comerciante que comprava usados. Comprava-os em lotes, pelos quais pagava uma ninharia. Mesmo assim, vendera. Era homem de palavra. Se tinha dívidas, pagava-as. Fosse como fosse, honrava seu nome. Sentia-se correto agindo desta forma.

Mas logo compreendera que nem mesmo naquele modestíssimo hotel poderia continuar. Assim, juntara o resto de suas poucas coisas, mais a mala com as roupas e fora para uma pensão familiar, no centro da cidade. Era até bem limpa e decente, lá na Lapa.

Sentia-se, no entanto, assustado com a rapidez com que as coisas lhe vinham acontecendo. Começara a procurar emprego de novo, desta vez com maior dedicação. Com persistência organizara uma rotina, apesar da insistência do seu corpo em dormir, dormir e dormir todo o tempo. Dominava-se e acordava cedo, tomava café na padaria numa esquina próxima (era mais barato do que fazê-lo na pensão), comprava o jornal, voltava para o seu quartinho, marcava anúncios, separava os documentos necessários e, em seguida, ia a todos os locais que conseguia num dia. Obstinado. Quando era recebido, e em geral não era, as pessoas mal ouviam-no falar. Mandavam deixar os documentos para análise. Endereço e telefone para posterior contato. E o despachavam. De início, revoltara-se com a displicência e descaso das pessoas. Algumas vezes, as poucas em que conseguira vencer a forte depressão, tentara fazê-las compreender o drama que passava e pelo qual passavam todas aquelas pessoas que via, na fila com ele, batalhando por um trabalho. Em todas essas vezes, fora destratado e mandado embora. Até com violência em alguns casos.

Com o passar do tempo, deixou de procurar emprego apenas na sua área profissional, já que o mercado parecia ter se evaporado. Foi baixando seu nível de exigência. Procurou até os mais simples, como auxiliar de escritório, por exemplo. Muitas vezes, encontrou a vaga já preenchida, noutras consideraram-no perturbado. Ou estaria escondendo alguma coisa, algum passado negro? Afinal, era um engenheiro! Como se sujeitar a um empreguinho tão abaixo do seu potencial? Rejeitavam-no por ser qualificado demais. Asseguravam-lhe que logo, logo, pediria aumento, sabendo mais que o chefe, revolucionando a ordem. Não, por certo, não queriam alguém tão bom para o lugar.

Dessa forma, continuava sua infrutífera caminhada diária.
    O tempo passava e Alberto sentia a cada dia aumentar sua angústia. O dinheiro que lhe sobrava agora era muito pouco. Voltara algumas vezes à famigerada Caixa Econômica. Agora alegavam que faltava uma assinatura numa das quatro vias de um dos documentos. Paciente, voltara à firma, para o cumprimento da exigência. Retornara três vezes até que o chefe de pessoal assinara o papel. Dera, de novo, entrada no processo. E aí mandaram-no voltar um mês depois.
    Começara a se desesperar. O dinheiro acabara. Como poderia sobreviver àquele mês? E se não lhe pagassem na nova data estabelecida? Já acontecera antes.

Não teve outra saída. Por mais que lhe doesse o orgulho, teve que pedir à dona da pensão que lhe permitisse pagar atrasado o aluguel. O acordo era de pagamento semanal. Não havia contrato. Era tudo na base da confiança. Da palavra. Até que ela fora compreensiva, considerando que mal o conhecia. Entretanto, ele lhe mostrara o protocolo da Caixa, explicando-lhe do que se tratava. E ela, que o considerava um senhor muito distinto, o mais ilustre dos seus hóspedes (era engenheiro, afinal), concordou em esperar. No máximo dois meses, avisara porém. Além disso, como reposição, exigiu um extra de cem por cento sobre o saldo devedor, na época do pagamento. "É por causa da inflação, senhor sabe, né?", explicou, parecendo meio encabulada. Sem alternativa, concordou. Ficou com raiva, mas depois, pensou melhor: era uma mulher só, viúva, tentando sobreviver. Fazer o que, quando se tem senso de justiça?

Ficou devendo também na padaria, onde já o conheciam. Comia sempre lá — do café da manhã ao jantar. Quando, tímido, teve que falar com o gerente para "abrir-lhe uma conta", sentiu o quanto lhe custava fazer tal pedido. Desta vez, porém, nessa selva em que estava metido, a sorte lhe fora propícia e ele prontamente concordara. Não que gostasse dele, ou soubesse nem de longe de suas dificuldades. Alberto não deixava transparecer para ninguém o que lhe estava acontecendo. Em meio a tanta coisa ruim, ficara-lhe uma aguda sensação de fracasso e, por vezes, se surpreendia sentindo-se culpado. Parecia-lhe que causara tudo, que não soubera administrar direito a sua vida. De forma que evitava, cada vez mais, procurar conhecidos ou antigos colegas. Com estranhos então, jamais falaria de si. A boa vontade do gerente da padaria devia-se ao fato de que ele andava sempre bem-arrumado, tinha presença. Como já fazia uns dois meses que estava na pensão, tornara-se personagem da rua, da padaria e da pensão. Nem se pensava que ele estava duro, sem um tostão. Achara o rapaz que, para um cliente de todo o dia, seria mais fácil pagar as contas uma vez por mês. Além disso, já trabalhavam dessa forma com outros. De qualquer maneira, foi de grande alívio para Alberto a forma fácil como o problema se resolveu, pelo menos por hora. Eliminou a refeição, já antes leve, que fazia as vezes de jantar; o almoço, o prato do dia, foi substituído por um salgadinho. O café da manhã continuou restrito à média com pão e manteiga.

Enquanto o maldito dinheiro não saía, foi obrigado a deixar de procurar trabalho. Para seu total desespero, não tinha trocado nem para a passagem de ônibus. Situação inimaginável em que se encontrava! Restringiu-se aos que possibilitassem ida a pé. No jornaleiro, pegava o jornal, dava uma olhada e anotava algumas coisas que o interessavam. Mudava de banca sempre que podia. Sentia-se envergonhado por ter de usar subterfúgios para ler os classificados. Reconhecia que o jornaleiro precisava viver também e que se, como ele, todos começassem a tirar uma casquinha do jornal, o pobre em breve faliria. Malditos escrúpulos. Faziam-no andar várias quadras a mais por dia. E agora vivia com fome. Nunca fora de comer muito, mas de fato sua ingestão calórica era, agora, muito baixa. Por outro lado, saber que não podia comer mais do que aquilo que disciplinadamente estabelecera, dava-lhe um apetite fora do comum. Vivia com uma incômoda sensação de ardência na boca do estômago, o que aliás deixava-o também num tremendo mau humor, que a custo continha. Não podia ser mal-educado, nem desabafar com ninguém. Na pensão, sua privacidade quase acabara. Ao chegar, até alcançar o seu quarto, tinha que, de forma invariável, parar para bater um papinho com os demais "hóspedes" (era assim que a dona exigia que fossem chamados os inquilinos); e com a proprietária, então, nem se fala! Imagine se ele fosse entrando assim, direto para o quarto? Jamais. Todos o cumprimentavam, puxavam uma prosa, queriam saber se tinha tido êxito na procura de trabalho (sim, porque depois da conversa sobre o aluguel, toda a pensão ficara sabendo da sua situação, o que o deixara furioso, mas impotente. Ia reclamar com quem? Estava nas mãos dela, compreendia desesperado). Via-se, então, obrigado a relatar, mesmo que de maneira sucinta, como iam as coisas. As pessoas lhe davam tapinhas nas costas, contavam casos parecidos com o seu, sobre gente que ele nunca conhecera, não vira, nem se interessava — mas era obrigado a ouvir. Depois, tinha o chá com biscoitos *cream crackers* ou, por vezes, um copo morno de leite bem doce e essa era a melhor parte da história, com a fome eterna que vivia. Para não fazer feio, comia uma ou duas bolachas apenas, quando, na verdade, desejava devorar todo o prato. Tomava uma xícara de chá ou leite que enchia de açúcar para conseguir maior saciedade e, em seguida, despedia-se polidamente para, só então, conseguir chegar ao seu canto.

Lavava-se na pequena pia que havia na extremidade do quarto. Para o banho, tinha duas opções: ou acordar muito cedo ou esperar que o último inquilino desocupasse o único banheiro da casa. Em geral, sentia-se mais à vontade deixando para o final. Podia demorar mais, sem que ninguém ficasse batendo à porta. Embora houvesse o problema de assim encontrar o ambiente quase todo molhado, cheio de cabelos a pia, o sanitário mal asseado, sentia-se mais confortável, mesmo promovendo, ele próprio, uma pequena faxina antes de começar a banhar-se. Nos últimos tempos, porém, com o estresse, a fome, o cansaço e a depressão vinha adiando sua higiene, cada vez com mais frequência, para o dia seguinte. Quem diria, pensava de si para si. Lembrava das críticas severas e impiedosas que muitas vezes fizera ao pessoal da faxina do escritório, do prédio. Aos *boys* que, por vezes, lhe traziam correspondência no escritório: camisas suadas, amassadas, cabelo gorduroso, brilhando pela gordura natural e a falta de um bom *shampoo*. Cheirinho meio azedo em uns, outros fedendo de forma insuportável. A todos despachava o mais rápido que podia. Chegava em casa, censurando-os sempre. Pobreza não tem nada a ver com limpeza. Quanto pobre limpinho aí... Agora, porém, limpeza implicava para ele acordar cerca de duas horas mais cedo que o necessário. Caso contrário, o congestionamento já teria começado, com a inevitável fila no corredor, as pessoas em trajes de dormir, toalha no ombro, escova de dentes na mão. Sentia-se muito encabulado por ter que partilhar a intimidade com cada uma daquelas pessoas. Percebia-lhes a expressão conformada, fruto de uma vida de fracassos. O tagarelar habitual, rotineiro e vazio, era-lhe intolerável. Falavam em especial das suas doenças, da vida dos outros, de quem chegara tarde ou não dormira na pensão. Apresentavam uma cordialidade que não o convencia. Parecia-lhe sempre que vasculhavam sua vida com perguntas e mais perguntas. Por isso, quando não conseguia forças para ir ao toalete à noite, por mais que detestasse, saía sem se banhar. Envergonhava-o ter sido, no passado, tão severo com as pessoas simples que — agora compreendia — tinham talvez até mais dificuldades que ele estava tendo no momento para apresentarem-se bem-arrumadas e asseadas.

Sempre fora cuidadoso com a imagem e a higiene. De forma que improvisara um jeito meio complicado de fazer a higiene no próprio quarto, apesar das exíguas dimensões. Arranjara uma tina que achara junto ao lixo, lavara-a bem, comprara uma bucha grande, sabonete e assim lavava parte por parte do corpo. Era muito meticuloso e conseguia ficar limpo e apresentável.

Entretanto, sentia com crescente apreensão o passar dos dias. Faltavam poucos para vencer os dois meses que a proprietária lhe concedera de prazo e nada de bom acontecia. Nenhum emprego, nada.

Até que o dia fatídico chegou e mais cinco outros ainda se passaram. E mais outros tantos.

Foi constrangedor ao extremo ter o crédito da padaria cortado e a conta apresentada na frente dos outros fregueses. Primeiro com certa cortesia, depois, como não a pudera pagar, com visível desconfiança e má vontade, fora-lhe comunicada a impossibilidade de continuar pendurando os gastos, mesmo os parcos gastos que agora fazia. Viu-se, pois, sem condições de alimentar-se. Mas, em especial, sentiu o horror de não poder cumprir, pela primeira vez, com os compromissos assumidos. Essa era-lhe, sem dúvida, a parte mais dolorosa. Para um homem com os seus princípios aquilo era mesmo a maior derrota. Com o coração apertado, vendeu, a troco de nada, seus últimos pertences: dois relógios e a aliança de casado. Com isso, saldou, aliviado, a conta da padaria e ainda parte do aluguel da pensão. Não deu para pagar tudo, mas a dona aceitou cobrir o prejuízo com a velha e amada poltrona florida, única peça do mobiliário do seu outrora lar, que trouxera consigo. Foi um sofrimento enorme desfazer-se dela. Porque representava todo um passado, do qual não queria e não podia desligar-se. A poltrona, ele a trouxera consigo, porque era o assento preferido de Ana, o lugar onde ela se aninhava todas as noites, quando reuniam-se na sala, após o jantar para conversar ou ver televisão. Recordava sempre o jeito especial com que ela recolhia as pernas, acomodando por sobre elas o vestido, após o que entrelaçava os dedos das mãos, repousando-as sobre os joelhos e recostando nelas o queixo. Parecia uma menina, toda enrolada, encolhida como um gato. Horas a fio, nos últimos meses, desde a dramática separação, ele permanecera sentado ali, sentindo a sua presença, revendo seus gestos, tentando lembrar cada detalhe daqueles momentos perdidos. Ademais, o tecido que a recobria ocasionara à época tanta controvérsia pelo inusitado da combinação de cores e lembrava-lhe tanto a segurança de Ana, sua firmeza e determinação ao ir contra todas as opiniões, que se tornara para ele um símbolo. Quando se aconchegava nele, ao final de cada dia, parecia-lhe que a abraçava e então era Ana que o envolvia em seus braços. Sentia mesmo que conservava seu cheiro, seu perfume, seu calor. Mas era principalmente sua personalidade forte, decidida, marcante, que ele guardava, preservando a velha poltrona desbotada.

Entretanto, quando Dona Flora, a senhoria, adentrara o quarto, esquecendo toda a compostura, omitindo o quanto ela mesma o dizia fino e o mais ilustre dos hóspedes, cobrando-lhe os dois meses de débito, além dos dez dias do mês já em curso, falando alto, dizendo de toda a compreensão que tivera, mas que também ela era filha de Deus e tinha compromissos e dívidas e que assim não era mais possível, quando à porta do pequeno cômodo começaram a assomar cabeças curiosas, ao perceber-lhe o olhar perscrutando cada um dos seus últimos bens, não pudera aguentar. Oferecera a querida peça, como parte do pagamento. Parecera-lhe que ela aceitara rápido demais. Talvez já tivesse pensado em tudo antes. Afinal, desde que ali chegara ela se encantara com a poltrona, que não cansava de elogiar. Assim, fora-lhe impossível deixar de oferecer o que, de início, ela já sabia que queria.

Ela entrara, olhara, olhara, disfarçando, sondando. Ao mesmo tempo, seu olhar zangado borboleteara pelo ambiente, passeando pelas suas roupas, pela pequena maleta no canto perto da janela, até se deter — de maneira insistente — sobre a poltrona. Só aí seu olhar zangado se aplacara. A cena repetira-se várias vezes, ao mesmo tempo em que ela proferia seu discurso de boa samaritana, que mesmo sem conhecê-lo acolhera-o (como se ele não tivesse pagado um tostão desde o primeiro dia), acreditara nele, dera-lhe a amizade e a mão, dera-lhe crédito (coisa que não fazia com qualquer um) e que ele estava abusando de uma pessoa só e boa, uma mulher desprotegida. As cabeças à porta, cada vez em maior número, meneavam em uníssono, concordando. Alberto sentira avermelhar-se-lhe o rosto, tremer-lhe o corpo, sumir-se-lhe a voz. Tinha pavor de escândalos, porém, no fundo, achava que ela estava com a razão. Embora o destempero de Flora parecesse-lhe desproporcional e descabido, dado que ele até o momento não lhe dera sequer um aborrecimento, sentia-se devedor. Sabia ademais que ela falava a verdade quando se referia às suas dificuldades pessoais. Era pobre, sobrevivia sublocando pedaços, cada vez maiores, de sua casa. E, a bem da verdade — que ele procurava nunca abandonar — ela realmente o ajudara e tivera consideração. De modo que ao perceber-lhe o olhar pousar mais uma vez, de forma eloquente, sobre a querida, desbotada poltrona, num ímpeto ofereceu-a. Gaguejando conseguiu dizer "fique com ela, foi da minha mulher, vale mais do que ainda devo, mas a senhora merece, por tudo que me fez".

Como por encanto a zanga esvaneceu-se e ela abraçou-o, efusiva, dando-lhe dois beijos melados e estalados nas faces, enquanto que as cabeças agitaram-se e um murmúrio de aprovação percorreu todo o espaço. Vozes começaram a se fazer ouvir, enquanto que Dona Flora já se escarrapachava, vitoriosa, no estofado — seu trono, seu troféu. Alberto, em estado de choque, sentia o rosto babado, ardendo. O coração batia descompassado, premido entre um ódio contido e um desejo quase irreprimível de a todos expulsar com violência. Ainda assim, porém, conseguiu ouvi-la dizer, já saindo, ao mesmo tempo que orientava dois mulatos aparecidos não sabia de onde para ajudar a carregar o móvel, "o senhor tem até hoje à tarde para desocupar o quarto ou pagar a semana que vem adiantada"...

Capítulo XI

O Fundo de Garantia, quando afinal lhe foi pago, permitiu-lhe respirar aliviado por mais três meses. Entretanto, em outra espelunca barata, tentando desesperado um emprego, viu, pouco a pouco, o último centavo esvair-se nas diárias, passagens e em algum alimento.

Sem outra perspectiva, estava na rua.

Caminhou horas, sem destino certo, maleta na mão. Aonde ir? Família, não tinha. Dinheiro, mesmo que fosse para uma vaga apenas para dormir, também não. Os pensamentos atropelavam-se, o coração batia descompassado, a respiração tornara-se ofegante. Não conseguia raciocinar com clareza, com objetividade. Nada lhe parecia real.

Era impossível acreditar que tudo aquilo estivesse acontecendo. Até bem pouco, era um pai de família feliz, com um emprego razoável, uma mulher que lhe parecia realizada. Até carro tivera. Jantava fora — coisa eventual — mas jantava. Ia a um cineminha, via televisão. Até emprestava dinheiro aos amigos... Amigos! Sim, por que não pensara nisso antes? Na situação em que estava não cabia orgulho. Mas a quem recorrer? Precisava com urgência de dinheiro, até para se locomover.

Deus!, nunca pensara como se podia ficar inteiramente imobilizado por não se ter dinheiro. Liberdade. Nunca esta palavra, que tanto utilizara — compreendia agora —, com superficialidade, em discussões ou bate-papos sobre a situação do país, assumira para ele tal significado: dinheiro. Este é o sentido da liberdade nessa sociedade. Quem não tem dinheiro, também não tem liberdade. Liberdade de ir e vir, cismava enquanto caminhava. Essa ele não tinha mais. Sempre lutara na vida, nunca fora rico. Mas aprendera com o pai que o mais importante são os valores pessoais, a honestidade, a honra, o direito, as leis. Dinheiro — apenas um meio para se sobreviver. Dizia sempre: Tenho o dinheiro, mas o dinheiro não me tem. E ele, menino, achava lindo aquilo. Incorporara esse valor como seu. Vivera acreditando nisso. Mas agora... Duvidava se estivera certo em crer. Jamais fizera concessões ao *vil metal*, como dizia, de maneira pomposa, seu pai. E, fosse como fosse, até aqueles últimos meses a coisa funcionara. Não sentira nunca aquela gana que via na maioria das pessoas. Gana de subir, crescer, melhorar de vida, ter muito dinheiro. Mais e mais dinheiro. Sempre mais e mais dinheiro. Via-os sempre insatisfeitos, reclamando de tudo, invejando os ricos, os poderosos. Sentia-se superior. Não precisava de tanto. Tinha outros valores, mais nobres. Justiça, honra, honestidade. Amava esse seu jeito particular de ser. Tentava passar tudo isso aos filhos. Não se deixava corromper. Jamais entrara em nenhum conchavo. Criticava duramente os que via bajulando os chefes, tecendo intrigas para favorecimento pessoal. Também era duro com os pedintes, mendigos, que achava uns malandros. Via-os pelas ruas muitas vezes saudáveis, fortes. Como uns homens sãos ficavam assim, esmolando sem nenhum pudor? Por que não arranjavam umas faxinas, lavavam uns carros, enfim, por que preferiam esmolar a trabalhar? É, tem muito vagabundo por aí, dizia. Criticava a forma pela qual as pessoas lutavam por fazer sempre menos nos seus trabalhos. Isso ele via muito bem. Os porteiros do prédio por exemplo: ficavam horas e horas sentados e quando a gente chegava em casa eram incapazes de abrir a porta do elevador, de carregar uma sacola para Ana. Enfim, profissionais dignos era muito difícil de achar. Mesmo os engenheiros com que trabalhara, muitos deles, procuravam sempre deixar para amanhã tudo que podiam. Faziam malfeito o que podiam caprichar. Trabalhavam sem esmero. Às vezes falseavam resultados. Ele não. Passava a limpo seus relatórios, mesmo quando iam ser rebatidos. Afinal, as datilógrafas também mereciam respeito. Precisavam entender o que iriam bater à máquina. Ah, e essas então! Irritava-o profundamente ter sempre que fazer revisão do trabalho delas. Era obrigação delas e não dele, reler o que copiaram. Mas não: uma simples cópia, mesmo as dele, que eram superlimpas e claras, demandavam revisão. Elas trocavam palavras, números. Imagine, trocar um número num relatório de engenharia. Umas inconsequentes, irresponsáveis. Podiam bem provocar uma tragédia... Mas não tinha jeito. Ou ele revia, ou o trabalho não saía certo. E o pior, a cada revisão, novos erros. Era uma maratona sem fim. Durante toda vida fora assim.

Lembrou-se então da placa que ganhara. Ainda conservava-a. Não sabia bem por que não a vendera. Era de prata, até podia dar uma graninha, mas depois da perda da poltrona, a última coisa que queria era perdê-la também. Gostava tanto dela... Tinha um certo sabor de vitória tê-la recebido justo daqueles que, pelo menos externamente, tanto o desmereciam por aquilo que considerava o melhor dele próprio. De certa forma, apesar de toda ironia, a placa era o reconhecimento e o respeito por determinadas atitudes suas que, embora destoantes do contexto, no fundo eram motivo de admiração dos colegas. Mesmo não querendo admitir, talvez muitos deles gostassem de ter a coragem de ser diferente — como ele tivera sempre... Esse pensamento dava-lhe alento.

Caminhava divagando, ao mesmo tempo em que pensava que a única coisa passível de ser transformada em dinheiro eram suas roupas. Mas como fazer? Lembrou-se de que havia ali, no centro, lojas que compravam roupas e objetos pessoais usados. Mas qual endereço? Não sabia. Era desesperante. Tentou controlar-se. Começou perguntando a uns e outros, aos jornaleiros, até que indicaram um lugar. Era longe. Mas não tinha opção.

Caminhou duas horas a passo rápido. Errou várias vezes o caminho. Perguntava daqui, dali. Uns informavam de forma correta, outros diziam qualquer coisa (muito prestativas as pessoas, em especial com coisas que não custam nada, nenhum trabalho), outros não sabiam. Afinal, conseguiu chegar. Suas pernas tremiam pelo esforço. A maleta pesava uns dez quilos.

O lugar era horrível, cheirava a mofo, tinha muita roupa velha e malcheirosa jogada em cestos, espalhados pelo chão. Objetos os mais variados, distribuídos por toscas estantes, pelo chão, por toda parte. Mal se podia andar. O dono, um velho mal-encarado com roupa cheia de manchas de gordura, nem se moveu a sua chegada. Parecia ter todo o tempo do mundo e, no mínimo, ser dono de uma bem-sucedida rede de butiques, tal o desinteresse que mostrou à sua chegada. Com certeza, não precisava de clientes, pensou Alberto, já desanimado. Mas a premência era muita, não podia se deixar levar pelo seu velho desejo de educação e gentileza nas pessoas. Depois de dar boa-tarde umas três vezes sem obter qualquer resposta a não ser um olhar enfadado por sobre os óculos colocados na ponta do nariz, foi direto ao assunto, oferecendo duas camisas, uma calça e um par de sapatos que lhe apertava os dedos (só usava em ocasiões muito formais). O homem pareceu levar um século até responder, com maus modos:

— Vinte.

— Por qual? — indagou Alberto.

— Tá pensando o quê? Pelos três, claro, tenho cara de marajá, ô almofadinha?!

— Mas, só o sapato vale pelo menos cinquenta. É de couro legítimo. Roupa fina, de casamento — conseguiu dizer Alberto, engolindo a raiva, pelo desrespeito com que fora tratado.

— É pegar ou largar. Aqui ninguém tem essas frescuras, não, xará! Se alguém quiser esses trastes, vai ser é para trabalhar. Para que mais?

Pelo menos agora tinha algum dinheiro. Somente então percebeu que já eram quatro horas da tarde. O estômago sofrido avisava-lhe que o limite estava chegando. Sentia uma fraqueza grande e um cansaço invencível. Andou mais umas quadras até entrar num desses botequins imundos, onde, sentindo-se um rei, comeu o prato do dia por quatro reais. A comida caiu-lhe como bala de canhão no estômago, provocando-lhe náuseas.

Ficou aturdido. Não podia vomitar. Aquele almoço tinha que durar até o dia seguinte. Tinha consciência de que aquele era, proporcionalmente aos seus bens atuais, o mais caro de sua vida. Não era possível desperdiçá-lo. Pedira uma cerveja bem gelada, que fora tomando devagar. A temperatura baixa do líquido arrefeceu o desconforto do corpo, que insistia em ignorar a situação real que vivia e teimava em querer devolver o precioso conteúdo, a duras penas conseguido. Aos poucos, porém, para grande alívio de Alberto, a tempestade interna amainou.

Restabelecido, sentiu-se forte. Olhou o grande relógio eletrônico na esquina da rua. Ficara ali cerca de uma hora. Ainda restava pelo menos mais uma até que pudesse telefonar para os amigos. Certamente só chegariam em casa por volta das seis, sete horas. Trocou algum dinheiro por fichas telefônicas, caminhou até o ponto de ônibus e tomou o 433, rumo à Zona Sul. Enquanto esperava os amigos voltarem às suas casas, sentado no banco do ônibus, arrastando-se por entre as centenas de carros da hora do *rush*, olhava com o mesmo sentimento de sempre as belezas daquela cidade que não se cansava de admirar. Sentia-se com esperança — conseguir a solidariedade e alguma ajuda de antigos colegas de trabalho, amigos a quem já ajudara em outras épocas, não seria, talvez, tão difícil assim. E ele precisava dessa ajuda. Tanto...

Chegou a Copacabana às sete e meia. Sentia-se enjoado mais uma vez. Mas não queria pensar nisso. Era o que dava ter uma mulher como Ana, mãos de fada na cozinha. Sua comida era fantástica, mesmo um simples feijão com arroz era bem temperado, sempre com pouca gordura, saudável e apetitoso. Decerto ficara mal acostumado. Melhor não pensar em certas coisas. Até porque pensar em Ana tornara-se um hábito masoquista, provocando-lhe um sofrimento inenarrável, misto de dor e prazer. Afastou com veemência os pensamentos incômodos. Devia concentrar-se na meta atual. Quem sabe, dentro em pouco poderia tomar um bom banho, trocar de roupa e dormir numa cama quentinha?

Quem tem amigos mesmo? Quem?, perguntava-se amargamente.
    Ligara primeiro para o Álvaro. Apesar do último encontro ter sido um fiasco, acreditava que ele teria alguma consideração. Afinal, tantos anos juntos. Tantos favores, dinheiro e mesmo quantos milhares de vezes o Álvaro não o fizera de confidente, alugando seu ouvido horas e horas a fio? Quantas paqueras malsucedidas ele consolara, dando força, levantando-lhe o ânimo abalado... Ficara trêmulo de esperança quando ouvira a voz do amigo ao telefone. Que bom, ele estava em casa! Começara falando coisas triviais, perguntando pela família. Era um sujeito bem-educado, não era? A conversa, porém, repentinamente, tomara um rumo inesperado e o amigo, parecendo pressentir que ele lhe pediria algo, começara então a contar como as coisas estavam difíceis para todo mundo, com a recessão braba e o novo emprego meio instável ainda... Resolvera, a contragosto, ignorar o que lhe dizia e, aos borbotões, começara contando, de forma rápida, tudo que lhe ocorrera: a partida de Ana, a perda do apartamento — e, agora, a situação atual, sem até mesmo o quarto barato de pensão.

De repente, pareceu-lhe que não estava sendo ouvido. Compreendeu então que os minutos relativos às fichas telefônicas haviam se esgotado e que a ligação fora interrompida. Atabalhoadamente, trêmulo, procurou mais duas fichas e refez a ligação. Desta vez, atendeu uma voz feminina que ele desconhecia. Explicou, rápido, que estava falando com o Álvaro, quase implorando para colocá-lo, de novo, no aparelho. A voz, enfadada, comunicou que ele entrara no banho. Meio desesperado, Alberto dissera que ligaria de novo, dentro de quinze minutos.

Quinze minutos depois, o amigo atendera. Aliviado, Alberto achara por bem acabar com os preâmbulos, pedindo então, abertamente, para pernoitar em sua casa. Precisava conversar, ser ouvido. Tentar organizar alguma estratégia, dissera. Com incredulidade, ouvira uma série de esfarrapadas desculpas tipo "estou com mulher nova em casa", "o apartamento é pequeno, só tem um quarto". A voz soara fria, decidida, impassível, apesar da capa tênue de delicadeza. Perdeu, por completo, o controle. Falou que estava na pior, que em nome dos velhos tempos precisava demais dele agora. Horrorizado, ouviu um *clique* seco. Desligara! Ele desligara o telefone na sua cara!

Trêmulo e atordoado, precisou sentar-se no meio-fio por pelo menos meia hora, até dominar o vulcão de emoções que o atormentavam. Raiva, humilhação, desencanto, desesperança, frio, ódio.

Escureceu.

Recompôs-se dentro do possível. Telefonou para mais dois colegas antigos da faculdade, cujos números lembrava de cor. Um se mudara. Outro estava viajando a serviço pelos próximos quinze dias.

Comprou outras fichas no bar mais próximo, consultou um catálogo telefônico que conseguiu com o rapaz de uma padaria ao lado. Tentou mais dois ou três contatos. Dois negaram ajuda polidamente, alegando problemas pessoais. O terceiro, para total constrangimento de Alberto, não conseguira nem lembrar-se dele. Não tinha mais ninguém a quem recorrer. Esgotara todas as tentativas.

Tinha que encarar a realidade: estava sem escolha, sem esperança.

Capítulo XII

Tudo mudara de perspectiva. Os objetivos de Alberto agora restringiam-se a coisas que, há bem pouco tempo, constituíam motivações secundárias, interesses menores, coisas com que as pessoas, pensava, não deviam se ocupar, muito menos falar sobre. Comer, banhar-se, ir ao banheiro, todas as necessidades corporais eram para ser feitas, mas nunca faladas. Agora, toda sua vida gravitava em torno delas.

A primeira noite na rua foi apavorante. Estava ainda em estado de choque com a constatação pura e simples da tragédia que se abatera sobre ele. Caminhou todas as longas horas que o separavam do amanhecer, meio anestesiado, maleta na mão, somente movido pela certeza de não ter para onde ir, nem com quem contar, tentando porém, por mais que lhe custasse, arranjar as ideias, buscando uma forma imediata de agir. Tinha que sair o mais rápido possível daquela situação aterradora.

Pela primeira vez desde que tudo acontecera, não pensou nem em Ana, nem nas crianças. Agora a questão era de sobrevivência e as lembranças do passado pareciam-lhe, neste momento crucial, longínquas e tênues. Eram sonhos distantes. Teria mesmo havido aquele outro Alberto, aquela outra vida, tão organizada, tão definida?

Teria mesmo existido aquele Alberto tão apressado no julgar as pessoas e as coisas, de um rígido ponto de vista moral? Jamais supusera que ele ou qualquer das pessoas de seu nível cultural e educacional poderiam estar sujeitas a uma situação como a que estava vivendo. Sem emprego, sem casa, sem dinheiro, sem ninguém. Por muitas vezes, recordava-se, condenara os mendigos e pedintes que via aos montes, esmolando junto aos sinais de trânsito ou os que apenas dormiam nas ruas. Sempre achara que não sabiam ou não queriam lutar, dizia que eram um bando de acomodados, sem objetivos, sem gana de luta. Uns vagabundos, na verdade. Pessoas que não queriam nada com nada. Tamanhos homens, saudáveis, fortes, capazes de muito trabalho, caindo de bêbedos, sujos, incapazes de lutar por um trabalho digno. Ficavam por aí, pedindo, pedindo, sem nenhuma vergonha... Pela primeira vez, começava a questionar a rigidez que sempre conduzira seus pensamentos. Afinal, não lhe acontecera isso tudo, mesmo tendo seguido todas as regras da boa conduta e da ética, e ainda que não tivesse esmorecido na sua luta? É bem verdade que a perda do apartamento se dera devido à apatia e ao desinteresse que o dominavam nos últimos meses. Mas e antes? Anos de trabalho, dedicação, pontualidade, honestidade... Para quê? Qual o ganho que tivera ao final? Rasteiras e mais rasteiras... Engraçada a vida! Só agora, vagueando pelas ruas, medroso, apavorado, sem ninguém, pudera perceber como era duro, fascista até, em seus julgamentos. Caminhou, triste, meio anestesiado, sem conseguir seguir uma linha objetiva de pensamento. Percebia a gravidade da situação em que se encontrava, como era premente dar alguma direção aos seus passos, mas tudo que conseguia era enxergar sua própria limitação de sentimentos, sua dureza para com os outros. Caminhava, caminhava e via, em cada rua e em cada esquina, muitas e muitas pessoas sem casa, algumas sós, outras com companheiras e filhos, deitadas no chão ou dormindo, algumas conversando, outras brigando, chorando, comendo, adultos fazendo xixi no chão, crianças abraçadas, se acariciando, mães cozinhando, jovens se beijando, outros se lavando ou lavando seus trapos nos chafarizes... uma incrível cidade-submundo com vida própria, pela qual passara milhares de vezes sem ver, ignorando a dor, a miséria, o desamparo. Fatos que agora, pensava, eram também sua bagagem pessoal, sua vida. Assim passaram-se as horas, sem que percebesse, andando e pensando, andando e pensando, agarrado a sua maleta, vendo, pela primeira vez, aquelas pessoas que tanto desprezara e criticara, como gente, pessoas de carne e osso, que talvez tivessem tentado, lutado e perdido. Como ele.

Ao amanhecer, continuou no mesmo estado febril, caminhando, refletindo, temendo as sombras e as pessoas que, furtivas, via moverem-se na escuridão da noite. Até que afinal o pobre corpo resolveu fazer-se presente, já que seu dono parecia pretender ignorá-lo para sempre. Um sono invencível apoderou-se dele. Pensou em caminhar até a pracinha dos paraíbas, a primeira que lhe ocorrera, estava pertinho, ali mesmo, na Avenida Nossa Senhora de Copacabana, no intuito de deitar-se num daqueles bancos que agora lhe pareciam divinos e até macios, para dormir, dormir até não poder mais... Antes de chegar lá, lembrou-se porém que, recentemente reformada, agora estava cercada de grades, com portões que fechavam ao anoitecer e só reabriam lá pelas oito ou nove horas da manhã, não sabia ao certo. De modo que refreou a sofreguidão da caminhada. Teria que esperar umas duas ou três horas para poder entrar e descansar, constatou desanimado. Lembrou que discutira com Ana a respeito da propriedade da medida do prefeito. Ele aprovara, achando que a medida tinha razão de ser: as praças do Rio tinham se tornado antros de marginais e desocupados. Pessoas de bem, como ele e sua família, não mais podiam nem aproximar-se desses locais, antes tão aprazíveis. É, lembrou-se com um sentimento incômodo, eu aprovei a medida. Seu corpo, no entanto, não queria e não aceitava mais nada e, contra tudo que desejava, foi escorregando devagar, encostado a uma parede, até ficar acocorado sob a marquise e em seguida, quase de imediato, adormeceu.

Dormiu várias horas seguidas, agarrado a sua preciosa maleta. Preciosa, nem tanto por ser seu último bem, mas porque continha suas roupas e alguns outros objetos pessoais. Passara a representar o que sobrara de sua dignidade, a forma última de permanecer limpo e arrumado, o que era imprescindível aos seus objetivos imediatos. Conscientizou-se que urgia conseguir qualquer tipo de trabalho que lhe desse moradia. De modo que, ao despertar, um pouco mais equilibrado pelo descanso, tinha já em mente o que fazer. Precisava, antes de tudo, melhorar sua aparência, lavar-se e pentear-se um pouco que fosse. Levantou-se com dificuldade. Dormira agachado todo o tempo, sem mudar sequer uma vez de posição. Em verdade, parecia-lhe que desmaiara. Entretanto, tinha de novo alguma energia. Aos poucos, recomeçou a sentir as pernas que antes formigavam sem parar. Aprumou-se. Ajeitou a coluna e o pescoço, que lhe doíam.

Começou a raciocinar com clareza — onde poderia tomar um banho ou lavar-se? Eis aí algo em que nunca pensara. Onde se lavavam os sem-teto? Talvez num bar, num posto de gasolina, no posto do salva-mar? Estava entretido nesses pensamentos quando, de súbito, sentiu uma aguda e persistente dor de barriga que, sem nenhuma cerimônia ou consideração, deu início a uma série de revoluções incontroláveis e inequívocas. Não havia tempo para filosofias ou divagações. Não havia dúvida. Precisava, rápido, de um banheiro. Ficou apavorado. Era uma urgência — sem contestação. Começou a suar frio a cada cólica lancinante. Deus, deve ter sido aquela comida de ontem. Precisava de uma solução imediata. Avistou uma lanchonete a uma quadra, tipo *fast food*. Maravilha. Lá existem toaletes, pensou subitamente tão satisfeito, como se todos os seus problemas estivessem resolvidos. Disparou. Conseguiu entrar, esbarrando em todos e, para seu total alívio, estava desocupado... No derradeiro instante. Mais um minuto e ele não teria tido nenhuma opção. Arrepiava-se só em pensar no que poderia ter acontecido — suprema humilhação. Suava em bicas, devia ser uma infecção intestinal. Evacuava sem parar. Temia que batessem à porta por estar se demorando demais. Afinal, conseguiu melhorar. Abriu a maleta, retirou o sabonete, pasta e escova de dentes, lavou o rosto, peito, axilas, braços. O que deu. Escovou os dentes, trocou a camisa, passou loção após barbear-se. Ignorou as batidas à porta, que já se repetiam pela terceira vez. Olhou-se no espelho. Estava com boa aparência, embora a roupa já lhe dançasse um pouco no corpo emagrecido pela forçada contenção alimentar do último mês.

Sentiu-se tão afortunado ao ver sua imagem limpa e composta ao espelho que, acreditou, tudo o mais se resolveria. Lembrou que ainda tinha algum dinheiro. Não pensou duas vezes: pediu um hambúrguer, fritas e uma Coca-Cola. Devorou a parca refeição em segundos, achando-a divina, o néctar dos deuses. Agora tinha apenas dinheiro para umas fichas telefônicas ou algumas passagens de ônibus.

Sua meta e esperança eram tentar um emprego de porteiro num prédio. Compreendera que teria um salário, além de casa, luz e gás pagos, o que resolveria a maior parte de seus problemas. Começou dali mesmo. Alimentado, reconfortado pelo sono, razoavelmente arrumado, acreditou que não seria difícil.

Durante uma semana tentou. Mas não tinha referências, a não ser a da carteira de trabalho como engenheiro. Quando tinha a sorte de haver vaga, os síndicos dos prédios achavam estranho um engenheiro querendo trabalhar como porteiro. E despachavam-no. Desconfiavam de que ali *havia coisa*. Passava seus dias nessa procura estafante e humilhante; à tarde, dormia sentado nos bancos das praças.

À noite, temeroso, passava o tempo todo vagando sem descanso. Pela manhã, utilizava-se dos reservados de lanchonetes, variando os locais para não ser expulso. Mantinha-se, dentro do possível, asseado e com apresentação razoável. Sabia que disso dependia continuar com alguma possibilidade de encontrar emprego.

A cada dia, porém, este objetivo parecia tornar-se mais improvável. Precisava continuar vivo, e isto significava ter que comer. Comer demandava dinheiro. Sem emprego, conseguir dinheiro restringia-se agora a vender, sempre de forma desfavorável, seus parcos bens: as roupas, a placa de prata. Na verdade, restavam-lhe poucas camisas e apenas uma calça, além da que vestia, umas meias e cuecas. Desesperado, compreendeu que, a continuarem assim as coisas, em mais alguns dias estaria apenas com a roupa do corpo.

Em desespero, tentou emprego em bares ou restaurantes, como ajudante de cozinha. Mas, da mesma forma, não teve sorte. Voltou a ligar para alguns amigos, humilhou-se, disse que qualquer ocupação servia. De alguns, conseguira vagas promessas. Diziam-lhe para telefonar novamente um outro dia, mas até aquele momento nada conseguira.

Alberto encontrava-se numa posição tão absurda, tão surrealista, que ele próprio não entendia como não enlouquecera ainda. Mais que tudo, temia pela sua segurança física. Para conseguir emprego na profissão, falara com Deus e o mundo e nada. Aflito, partira para trabalhos muito aquém de sua capacidade e então o julgaram louco ou criminoso, com algo a esconder. Nada parecia combinar com ele. Até para morar na rua ele destoava. Sentia um medo terrível dos mendigos e desocupados que vagavam pelas vias. Não se aproximava de nenhum deles. Não sou um deles, dizia para si mesmo. Se um lhe dirigia a palavra, ou apenas caminhava em sua direção, disparava para outro local. O que vivia naquele momento era mera circunstância. Ele era uma pessoa com estudo, educada, sensível e arrumada. Tinha condições de sair daquele sufoco. Mas já havia uma semana que estava na rua.

Resolveu telefonar de novo para o João Pedro, um antigo colega de colégio que lhe prometera uma colocação. A maré de azar tinha que terminar. Encaminhou-se a um telefone público. Depois de aguardar alguns minutos na pequena fila, chegou sua vez. Trêmulo, colocou a moedinha no local e lembrou-se do número. Felizmente, sua memória era muito boa. Ao terceiro chamado, o próprio João atendeu. Estava com sorte.

A conversa foi difícil, mas havia boa vontade, disso Alberto logo se apercebeu. Ao contrário dos outros, que de pronto se esquivaram, desfiando-lhe as suas próprias dificuldades. Há uma semana quando ligara para o primeiro, o segundo... enfim para todos os que pôde lembrar o número do telefone, fora impossível conseguir qualquer esperança. Não pudera nem contar direito o drama que estava vivendo. Ninguém, na verdade, queria ouvi-lo relatar suas desgraças. Com esse, porém, não sabia bem por quê, conseguira falar de sua real situação. Do despejo, da rua, do desespero. Algo que não pudera fazer com os outros a quem apelara. Talvez porque não o visse há muitos anos. Eram quase crianças quando conviveram. No primário ainda... Tanto tempo atrás! Assim, parecera-lhe mais fácil dizer tudo, com total franqueza. Saíra-lhe da boca, quase sem pensar. Quando deu por si, já falara, num torvelinho de medo do tempo da ficha esgotar ou de cair a ligação. Agora, o retorno parecia-lhe reconfortante. Havia compaixão na voz do amigo, mas ele não se envergonhou: precisava demais de ajuda, qualquer que fosse. Assim — inacreditável —, depois de gastar três fichas, estava com o endereço e o telefone de um emprego: faxineiro de um prédio, ali bem pertinho. Dava até para ir a pé. O amigo, morto de vergonha de oferecer um trabalho tão abaixo de sua capacidade. Ele, louco para que o outro não se deixasse levar por esse tipo de escrúpulos. Realmente... faxineiro, para ele que era engenheiro... Quer dizer, se fosse aceito. Mais surrealista ainda era perceber o quanto dependia dessa chance e o quanto ficaria feliz se o aceitassem...

Aquela noite passou-a sem dormir. Excitado demais, esperou clarear para voar até o endereço. Temia não chegar a tempo ou encontrar a vaga já preenchida. Caminhou todo o tempo, sem sentir cansaço. Sonhava sair das ruas. Felicidade suprema seria ter um quarto, por menor que fosse. Um banheiro, um banho de verdade... Que sonho!

Capítulo XIII

E assim, como num sonho, foi aceito.

Estava desfazendo sua mala, tentando manter a dignidade, enquanto o porteiro, com quem dividiria o quarto, refestelado com ares de dono na cama, olhava atentamente cada gesto seu, estudando os míseros pertences que, cheio de cuidados, retirava da maleta para guardar na pequena gaveta da única cômoda existente no recinto.

Aquele olhar o incomodava, não apenas porque Alberto percebia a desconfiança, antes porque se sabia meio sujo, com uma aparência que o levaria a ele próprio, há pouco tempo, a não confiar na pessoa. Continuou na sua tarefa, de forma meticulosa, enquanto disfarçando, passeava o olhar pelo que era agora seu novo lar.

O pequeno quarto era, sem dúvida, extraordinário: num espaço de dois metros por dois, conseguia alojar um beliche de pernas bambas com colchão gasto, uma cômoda com três pequenas gavetas, uma cadeira e uma mesinha de cabeceira com um abajur sem cúpula. Num dos cantos, uma pia mínima, rachada, restos de sabão de várias cores grudados uns nos outros à guisa de sabonete, um espelho quase sem cristal pregado na parede acima e à esquerda, um "prego-gigante" fazendo de porta-toalhas. A toalha, ou o que no passado fora uma toalha, era agora um trapo sujo, irreconhecível, encardido. Por baixo da cama, pedaços de papel, jornal e outros objetos não identificáveis à primeira vista conviviam, de forma plácida, com restos de alimentos — cascas de tangerina, um naco de pão seco, dois copos usados. Nas paredes um resto de tinta lembrava o tempo da construção do prédio, uns vinte e cinco anos, com certeza. O chão era de tacos, sem nenhum brilho — o sinteco se fora há muito — mas a Alberto tudo parecera, desde o primeiro momento, o céu. Uma lâmpada pendia do teto, acesa durante todo o dia devido à fraca iluminação natural que penetrava pela única janela, tipo basculante e que não fechava nem abria, emperrada pelo desuso e pelo descaso. No corredor, lá fora, havia um cubículo com o vaso sanitário e o chuveiro. Duas pessoas não podiam entrar juntas de maneira alguma; para abrir a porta, era necessário ficar entre a parede e o vaso sanitário. Mas era um banheiro. E isso — sem sombra de dúvida — já era uma glória. Poder ir ao banheiro a hora que necessitasse... Sem pressa. Sem medo de ser rechaçado. Aguentar o porteiro cara-dura ia ser fácil. Era só lembrar o que passara na última semana. O medo, o pavor que sentira a cada pessoa que dele se aproximava quando estava na rua voltaram-lhe à memória. Cada rosto era suspeito, cada pessoa, parecia-lhe, vinha para roubá-lo, matá-lo ou violentá-lo. Não, ninguém, nada o faria perder seu lugar.

As poucas roupas que tinha agora em minutos ficaram arrumadas. Foi em seguida lavar-se e, meia hora mais tarde, retornou, depois de um banho inacreditavelmente reconfortante, com direito ao atendimento de suas necessidades físicas primeiro, uma ensaboada caprichada por todo o corpo depois — mesmo com sabão de coco era inebriante —, lavar os cabelos, penteá-los bem para trás, com muito cuidado, frente ao espelho mofado, uma enxugada revigorante numa toalha de verdade, mesmo que um pouco encardida e quase sem pelos, suprema felicidade! Lavar as unhas, deixá-las limpas e cortadas. Nunca lhe passara pela cabeça que essas coisas tão corriqueiras fossem tão maravilhosas. Já com o uniforme de faxineiro do prédio, retornou à portaria para receber instruções sobre o serviço. Seu Nestor, o porteiro, pouco ou quase nada lhe explicou. Desde o primeiro momento lhe foi hostil. Agora, limpo e vestido com o uniforme quase novo, Alberto recobrara muito da antiga aparência, o que só contribuiu para aumentar o ódio espontâneo do seu Nestor. Com extrema má vontade, apenas para atender ao que o síndico lhe ordenara, passou-lhe a lista das tarefas. Nada lhe disse sobre onde encontrar material de limpeza, vassouras, panos, nada... Tudo o que pôde evitar de informar, ele rigorosamente o fez. Alberto logo percebeu que dali não viria ajuda nunca, pelo contrário. Mas ele se viraria. Tinha certeza.

A primeira semana foi singular. Ele, porém, encontrava-se num estado de febril excitação. Queria agradar, fazer jus à chance que lhe fora dada. Acossado pelo pavor de voltar à rua, o trabalho pareceu-lhe muito fácil. Lavar as escadas e as calçadas, recolher o lixo, varrer e encerar a portaria, essas coisas. Nada que exigisse muito saber. Em poucos dias, dominou a situação. No início se atrapalhou um pouco, mais com a limpeza dos vidros. Não ficaram brilhando de verdade. Ele não tinha ideia de que produto usar. Sabão em pó? Pano molhado? Flanela? De forma que, nas duas primeiras vezes, não ficaram lá essas coisas. De imediato, levara uma tremenda descompostura do porteiro, acompanhada de ameaças de demissão. Com indisfarçável prazer, o outro lhe dissera:

— Tá pensando que vai ganhar sem fazer nada? Afinal, você está em experiência; o pessoal aqui é gente fina, gosta das coisas muito bem-feitas, tão acostumado a ter do bom e do melhor, não são gente da tua laia. Tem que esfregar tudo muito bem, deixar tudo brilhando.

Alberto gaguejara desculpas, prometera melhorar. Só a lembrança dos dias que caminhara, caminhara sem parar sob chuva, no escuro, apavorado, pelas ruas, fazia-o estremecer. Precisava manter aquele trabalho de qualquer maneira. Isso tornava-o meio refém do porteiro — sem mais nem porquê, tinha ali um inimigo. Tentou nos primeiros dias, de todas as formas, conquistá-lo. Fora simpático, educado, gentil, solícito. Mas nada funcionara. Tudo parecia, pelo contrário, enfurecê-lo ainda mais. E ele era seu superior. Tinha que aturá-lo. O pior era conviver com ele no quarto. Logo de início lhe avisou que dormia na cama de baixo, mas que não o acordasse de jeito nenhum ao descer as escadinhas do beliche. A mesa de cabeceira, com a lâmpada e a pequena gaveta eram dele e, embora nunca lesse, não deixava Alberto utilizá-la. Pegava diariamente os jornais que os moradores jogavam fora, para ler à noite, antes de dormir, pois tinha esperança de ver algum emprego anunciado e também porque tentava manter-se a par de tudo. Mas o sujeitinho não lhe permitia manter a luz acesa quando ele entrava para dormir e, assim, Alberto tinha que se conformar em ir ler no banheiro, minúsculo e fedorento. Ao retornar, um esforço extra: entrar no quarto como se fora alma-penada, sem ruído, esgueirando-se no escuro, subindo cada degrau da cama como se desprovido de peso para não acordar o companheiro.

O mais detestável de tudo é que, na frente de outros, tratava-o com o maior dos sorrisos, benevolente e amigo. Fingia até ajudá-lo, imaginem! Era de uma desfaçatez enlouquecedora, mas Alberto sabia que aquela situação era por pouco tempo. Agora, com um lugar para ficar, acreditava que conseguiria logo outro trabalho, dentro das suas possibilidades. O fundamental era preservar aquele espaço para evitar a decadência física e moral. Ter onde se lavar, comer, enfim, preservar a sanidade física e a aparência, o que lhe permitiria apresentar-se de forma digna para qualquer outro emprego que se lhe apresentasse.

Assim é que, dez dias depois, ele dominava o serviço, que passara a fazer com perfeição. Organizado, acostumado a trabalhos complexos, rápido desenvolvera um método racional para alternar as atividades, de modo que, em uma semana, já se notava uma sensível melhoria na aparência do prédio. Com mais uma semana, já lhe sobrava tempo para ler os jornais de cabo a rabo, à procura de um emprego que possibilitasse seu retorno à engenharia.

Surpreso, percebeu que aos poucos começara mesmo a sentir um certo prazer no que fazia: quase como quando estava na firma. Ele sempre tivera um enorme desejo de produzir, gostava de admirar o produto de seu trabalho. Assim, na segunda semana, promoveu, por conta própria, uma arrumação na garagem do edifício onde, percebera, amontoavam-se garrafas velhas, pilhas de jornais, cadeiras quebradas, móveis velhos abandonados pelos antigos donos quando renovavam suas casas, dezenas de revistas, utensílios domésticos estragados, entulho de obras, enfim, uma montanha de coisas que ficavam pelos cantos, favorecendo o aparecimento de ratos, baratas, mau cheiro. Algumas coisas que pôde aproveitar, consertou, melhorando o quartinho. Substituiu o espelho por outro maior e em melhor estado, com uma moldura bem razoável. Achou uma saboneteira de metal, um colchão de casal, que dividiu e colocou nas duas camas, tornando-as muito mais confortáveis. Com algumas garrafas inventou um novo abajur, uma cesta de vime que servira para guardar pão, virou cúpula. Outra cesta, outrora para papéis, foi adaptada como lustre. Um quadro velho e uma gravura, abandonados, vieram enfeitar o ambiente. Duas esteiras de praia foram pregadas nas paredes, tornando-as aconchegantes e escondendo as falhas da pintura. Uma toalha de mesa xadrez, preto e branco, depois de lavada e cortada, transformou-se numa cortina para a janela recém-lavada e consertada. Ficou orgulhoso da sua obra. Lembrava-se de Ana, da capacidade que tinha de transformar as coisas e imaginava-a orgulhosa dele. O quarto parecia-lhe, agora, principesco, comparativamente. Alguns utensílios de plástico foram transformados, passando à categoria de fruteira e porta-jornais. Providenciou outro recipiente para utilizar como lixeira, tentando evitar que Nestor jogasse tudo pelo chão. É, agora, eles tinham um lugarzinho até simpático para ficar. Desconhecia esse seu lado criativo, mas agora que o descobrira sentia-se orgulhoso com a melhora significativa que promovera no seu *lar, doce lar*. Assistindo a tudo, seu Nestor nada comentou. Nem agradeceu o colchão. Azedo amanhecia, azedo dormia. Mas tudo bem, Alberto não o fizera por ele. Nem esperava agradecimentos. Percebeu que seu Nestor, propositalmente, continuava sujando o quarto. Todos os dias, Alberto catava os restos de comida, arrumava as camas, limpava e varria o chão. Lavava as toalhas de banho, queimava mesmo as mãos de tanto esfregá-las, mas agora dava para tomar um bom banho e sair cheiroso depois de se enxugar. Os lençóis, velhinhos, coitados, meio rasgados, passaram pelo mesmo processo. Alberto não se incomodava de trabalhar pelos dois, porque a roupa de cama e banho era escassa e ele não podia determinar quais eram de quem. Assim, tendo que partilhar tudo, o jeito era manter as coisas limpas, usáveis. Os travesseiros, que fediam pelos anos de uso e pelo suor continuado de muitas cabeças de pouca higiene, foram forrados com plástico.

A garagem ficou irreconhecível. Removido todo o entulho, Alberto vendeu os papelões e jornais, as garrafas, os móveis velhos. A Comlurb levou o resto, por uma pequena taxa e, com o dinheiro que sobrou, Alberto adquiriu uma broxa e uma lata de cal. Com isso, promoveu uma pintura higiênica nas paredes, lavando o chão todo e espargindo inseticida. Levou duas semanas trabalhando sem parar, em todos os momentos que lhe sobraram. E assim, ao ser chamado pelo síndico para receber o primeiro salário, levou-o à garagem para mostrar o que chamou a *surpresa*. Impressionado, de início pensou que teria despesas, franziu o cenho, preocupado, mas quando Alberto lhe disse que não, explicando como conseguira dinheiro, encantou-se. Adorou, elogiou muito, chamou um vizinho que chegava do trabalho para ver, apresentou-lhe o Alberto, segundo ele a nova e incrível aquisição do condomínio. Animado, Alberto criou coragem para levá-los ao quartinho e mostrar sua outra obra. Mais elogios, mais incentivos. Ao entrarem, encontraram seu Nestor, recostado na cama, fumando outro daqueles horrorosos cigarros que vivia emendando uns nos outros, sem parar. Ele ficou pálido de raiva. Há anos trabalhava lá e nunca, mas nunca mesmo, um síndico se dignara entrar no quarto deles. Mas agora... Sentiu-se injustiçado, ninguém reconhecia seus esforços. Atribuiu tudo, cheio de despeito, à aparência engomadinha de Alberto. Pensou que tinha alguma coisa de errada com ele, tinha que haver. Com aquele jeito de lorde, sempre lendo, lendo. Arrumando tudo. Limpando tudo. Em seu ciúme, considerou-o um puxa-saco, um perigo. Sabia ler bem. Tinha mais estudo que ele. Alguma coisa ele estava escondendo, iria descobrir. Fazer faxina na garagem, trabalhar fora do horário, fazendo um monte de coisas que não precisava. Alguma coisa estava errada ali. Sentiu-se ameaçado. Quando vira a reforma na garagem, seu ódio crescera ainda mais. Ser porteiro era seu grande orgulho. Um medo grande invadiu-o. O que pudesse fazer para prejudicar Alberto, faria.

O prestígio de Alberto no prédio cresceu. Trabalhador, calado, educado, limpo e arrumado, depois do evento da garagem logo encontrou vários moradores que simpatizaram com ele e começaram a chamá-lo para fazer pequenos consertos aqui e ali, dando-lhe algum dinheiro extra. Algumas senhoras, consternadas pelo seu olhar tímido e atraídas pelo seu jeitão triste, ofereciam-lhe almoço e jantar em troca desses serviços.

Assim, em pouco mais de três meses, Alberto, o faxineiro, tinha o respeito da maioria dos moradores. Era solicitado, gostavam dele. Juntara algum dinheirinho. Gastava pouco, tinha casa, condomínio, luz e gás pagos. Até uma boa comida caseira, muitas vezes.

Nas mulheres, despertava fantasias, com seu modo de ser caladão, quieto, porém solícito e prestativo. Apreciavam vê-lo comer, porque tinha modos finos e era agradável. Mesmo com o humilde uniforme de faxineiro, tinha um aspecto atraente. Embora não se tivesse dado conta, Alberto perdera toda a barriga que adquirira ao longo dos dez anos de sedentarismo como engenheiro e pela comida maravilhosa de Ana. Estava esbelto como nunca; o trabalho físico livrara-o de uma leve flacidez muscular anterior. Não era muito alto, nem muito musculoso, mas era bem constituído e ficara-lhe perfeito o bronzeado que adquirira de tanto lavar a calçada, ao sol, de calção e ao cuidar dos pequenos canteiros na entrada do prédio. Os olhos verdes e o cabelo dourado, o raro sorriso, faziam as adolescentes e as senhoras precisarem cada vez mais dele... Os chamados se sucediam. Por vezes, só conseguia ler os classificados à noite, novamente confinado no banheirinho mínimo. Só que agora era um banheirinho cheiroso. Os azulejos tinham passado pelo crivo impiedoso da vassoura do faxineiro. O chão era lavado todos os dias. O trabalho transformara-se num vício, que furiosamente impelia os dias de Alberto para a frente. Parecia-lhe que só dessa forma diminuiria a distância que faltava para encontrar de novo o emprego que sonhava. Um dia, por mais longínquo que estivesse, alguma firma de engenharia precisaria dele. Nesse propósito firme, ia vivendo cada dia. Não via nada a sua volta. Não reparava na solicitude de algumas moradoras, nem no olhar cada dia mais furioso do seu Nestor. Dentro dele, só havia lugar para um sonho: reencontrar seu passado, seus filhos, seu trabalho, quem sabe, até Ana. Temia falar com as pessoas, morria de medo de descobrirem sua formação, porque, tinha certeza, mandariam-no embora. Odiava seu Nestor, porque sabia-o inimigo, mas aguentava tudo: o teto era o que tinha de mais caro no momento. O quartinho imundo, que transformara no seu lar, não o queria perder por nada neste mundo.

Em alguns momentos conseguia até sentir-se de novo, leve, tranquilo. Por vezes, percebia admirado, ficava em paz consigo próprio. Como precisava de pouco agora! Tinha casa, comida, sentia-se útil, tinha esperanças.

Já estava ali há três meses. Ia vivendo, recobrara as forças e um pouquinho do amor-próprio. Mas o tal emprego que desejava não aparecia nunca. Já se apresentara a quatro, mas não fora o escolhido. Três deles exigiam outro tipo de especialização que não a dele e o outro, para o qual tinha todas as habilitações exigidas, fora preenchido por um outro engenheiro com mais tempo de formado e melhor currículo. Tentara também outros tipos de trabalho, como gerente de vendas, vendedor, representante de laboratório, mas todos exigiam experiência anterior. Assim, só lhe restava continuar enfrentando o dia a dia do prédio, o ódio do seu Nestor, a rotina. E, infatigavelmente, a procura de outro emprego.

Capítulo XIV

Com o passar dos dias e depois dos meses — afinal agora já perfaziam oito meses entre a demissão, o despejo, o quartinho da pensão, a rua, e finalmente o emprego de faxineiro — as necessidades e os desejos de Alberto começaram a mudar. Já não se sentia tão feliz pelo simples fato de ter um teto e um salário mínimo para seu sustento. Já não se sentia tão animado para, a cada dia, chovendo ou sob o sol, varrer, limpar, desinfetar, encerar, dar brilho... Estudara toda uma vida, especializara-se. Era uma coisa sem sentido fazer um trabalho que nada mais lhe exigia que esforço físico. E que rendia tão ridiculamente pouco... Por outro lado, começou a sentir-se revoltado quando moradores o solicitavam para *dar um jeitinho*, quando na verdade eram trabalhos concretos de bombeiro, eletricista, pintor... tudo. Como engenheiro sabia fazer essas coisas; outras, a necessidade o obrigara aprender, mais que isso: o desejo de agradar, de permanecer empregado o fizeram saber. Mas, aos poucos, começou a sentir-se manipulado, explorado. Chamavam-no para tudo e jamais lhe perguntavam quanto era. Algumas davam-lhe um trocado, uma cerveja como diziam, outras, um prato de comida, que em algumas casas eram restos. Ele cometera o grave erro de nada cobrar nas primeiras vezes em que o tinham chamado e, assim, a coisa ficou estabelecida. O que fora de início uma gentileza, virou obrigação. Tornou-se o faz-tudo do prédio. Com isso, trabalhava o dobro, muitas vezes fora do seu horário, porque seu Nestor, lógico, começou a marcar em cima, cobrando-lhe cada minuto de ausência do expediente. Mesmo sabendo-o a serviço de algum morador, descontava no horário de saída o tempo que estivera ausente da portaria, ainda que todo o serviço já estivesse feito. Comprazia-se em persegui-lo, em importuná-lo. Com isso, agora, muitas vezes ficava sem ler o jornal e, portanto, sem saber de novas oportunidades de emprego, o que o enchia de raiva e desespero. Também não conseguia dizer não quando o chamavam, pois temia incorrer no desagrado de algum morador. Já lhe bastava o ódio do seu Nestor, sempre à espreita, ele o sabia, de algum deslize, de alguma falha.

No momento tinha algum conforto, é verdade. Além da comida, comprara uma calça nova e duas camisas sociais (baratinhas, mas novas e de boa aparência, fora lá na Rua da Alfândega, no centro da cidade, no SAARA), e também um par de sapatos e meias, porque toda vez que ia a alguma entrevista ou entregar documentos para candidatar-se a vagas em empregos, precisava apresentar-se digno, à altura. Seu Nestor ficava em desespero cada vez que ele se arrumava e saía. Essas saídas, a seu ver misteriosas, aguçavam-lhe a curiosidade e a fantasia. Tentava de todas as formas descobrir aonde ele ia, espreitava, tentava dificultar, mandava indiretas, mas Alberto fechava-se em copas. Seus documentos e currículos viviam trancados na maletinha cuja chave ficava sempre pendurada no pescoço de Alberto. Evitava que descobrissem sua profissão.

De forma que continuava atendendo a todos, sobrecarregando-se, cansando-se e, no íntimo, revoltando-se.

Seu desespero íntimo tornava-se ainda maior quando entrava nos apartamentos; era inevitável lembrar do seu. E, de imediato, recordar Ana, as crianças, tudo o que perdera. Reviver a injustiça, a amargura incomensurável e a saudade dos filhos. A angústia de não ter mais nada daquilo. Os anos perdidos na firma. A sua honestidade absoluta, o discreto deboche dos colegas acerca de sua postura e a luta contra as fofocas, a intriga, a falta de ética. Rememorar a derrota da integridade e a vitória da falsidade e da inveja. Não sucumbira a nenhuma tentação, mas fracassara na vida profissional e na afetiva. Por quê?, perguntava-se dia e noite, amargurado. Talvez não tivesse sabido lutar com as armas que precisava, numa sociedade cada vez mais competitiva, agressiva e de regras para ele incompreensíveis. Agora mesmo sentia-se meio à mercê do porteiro, uma pessoa menos preparada intelectual e culturalmente que ele, mas que sabia utilizar certas artimanhas e fazia um jogo no qual ele, Alberto, percebia-se, sem sombra de dúvida, em desvantagem. Seu Nestor era dissimulado, tramava mil pequenas armadilhas que o colocavam mal frente ao síndico. Tudo era feito para dar a impressão de o estar elogiando, mas a ideia era passada de forma a parecer que, na verdade, estava acobertando suas falhas, porque ele, seu Nestor, bom sujeito, não queria prejudicá-lo. Com isso Alberto vivia em permanente inquietude, precisando estar atento a cada momento, a desfazer as tramas e a provar sua eficiência e integridade. Isso, porém, tinha de ser feito sem acusar o porteiro, contra quem nada tinha de concreto e que, muito antigo no prédio, gozava da mais inteira confiança de todos. Tudo precisava ser feito de forma sutil e discreta, o que o enlouquecia. Sentia repetirem-se, nas devidas proporções, os episódios da firma de engenharia. Agora, gato escaldado, ficava perdido entre o ódio, a vontade às vezes quase incontrolável de pura e simplesmente esganar seu Nestor, ou, como era mais de seu feitio, ir até o síndico e denunciar tudo: os trabalhos que ele fazia e que o seu Nestor dizia que fora ele, os serviços que fazia para os moradores do prédio por pressão dele, e os momentos em que a ausência de Alberto, de alguma forma, acabava sempre chegando ao conhecimento do síndico (através do próprio Nestor, que habilmente o fazia saber do fato, porém nunca dizia onde ele se encontrava). Dava sempre impressão de que Alberto saíra do prédio para resolver problemas pessoais. Por isso, vivia tentando arranjar modos de deixar claro que o seu trabalho estava sempre feito e bem-feito, única forma que encontrou para continuar com a imagem de bom empregado. Mas era uma luta desigual e com freqüência Alberto sentia-se na corda bamba.

Os moradores do prédio eram pessoas como ele fora — gente de classe média. Alguns eram funcionários públicos ou de estatais, outros eram professores, um ou dois eram advogados, um corretor de imóveis, um gerente de loja de departamentos. Tudo gente com as dificuldades que ele tivera. Como ele, outras famílias haviam perdido suas casas, seus empregos, indo morar em apartamentos alugados. Pessoas que haviam pagado suas dívidas, mas perdido a segurança de uma casa própria. Alguns continuavam lutando no dia a dia para pagar contas, aluguéis, a escola dos filhos. Tudo com muito sacrifício. Sobrevivendo. Pelas semelhanças com a sua vida anterior, cada vez que ele entrava num daqueles apartamentos, seu coração se descompassava: era uma televisão igualzinha à que ele tivera, uma poltrona com estampado parecido com o da sua antiga sala. Um enfeite. Qualquer coisa. Até um copo, um talher, um cheiro. O gosto de um determinado prato. Por que ele não tivera competência para manter os seus bens? Por que fora derrotado? Por que Ana o deixara? E os filhos, ainda lembrariam dele? Chorariam e pediriam aos avós para procurá-lo? Ou já estariam com a mãe? E ela? Pensaria nele? Teria, talvez, se arrependido? Ou estaria com outro? Percebera que não mais tinha raiva dela, só um sentimento amargo de fracasso, de falência.

Estas perguntas, agora que os problemas mais básicos estavam pelo menos equacionados, voltavam cada vez com mais frequência a sua mente. E sempre sem respostas. Em alguns momentos, sua ansiedade crescia tanto que não conseguia controlar-se. Voltava a lavar e a esfregar, a dar brilho, compulsivo. Sem parar. Horas a fio.

Outra coisa que começou a atormentá-lo era a abstinência sexual forçada em que se encontrava. Nos primeiros meses, a depressão que o abatera nem lhe permitira lembrar disso. Afinal, não tivera libido para nada. Mas agora, com o passar do tempo, a cada dia sentia mais necessidade de uma mulher, de um carinho, de aliviar as tensões corporais. Sonhava e acordava com o membro rígido. Masturbava-se com frequência no banheiro ou na cama, ao acordar à noite, excitado. Temia que seu Nestor o percebesse naquela situação, mas não conseguia evitar.

Foi então que começou a perceber a atenção especial que algumas moradoras lhe dispensavam. Especialmente, uma: morena, tipo *mignon*, bem-feita de corpo, embora, para seu gosto, as pernas e quadris fossem talvez um pouco roliços demais. Mas eram rijos, a carne jovem. Ela parecia não incomodar-se com as suas coxas grossas e o bumbum redondo, pelo contrário, vivia desfilando uns shortinhos, bem curtos, para alegria de todos os porteiros, jornaleiros e da meninada da rua. Quando ela passava era o delírio. Fantasias enchiam o ar. E ela feliz, alegre por ser admirada, desejada. Era doce, jovem e meiga. Não dava atenção especial a ninguém, mas era agradável e simpática com todos. Devia ter cerca de vinte e oito anos no máximo. Parecia não perceber o apelo que havia em cada olhar à sua passagem. Ou fazia que não percebia? Os cabelos eram curtos e ondulados, porém cheios e brilhosos. O rosto era alegre, sempre sorridente, com dentes perfeitos, lábios carnudos, sempre pintados de vermelho-vivo. Os olhos, muito brilhantes, com os cílios escuros e espessos, pareciam falar. Por várias e várias vezes, ela o chamara a pretexto de pequenos consertos. Nesses momentos, sempre ficava muito junto dele, observando o trabalho, dando palpites. Movimentando braços e pernas ao falar, de forma muito sensual. Ela falava com o corpo todo, não só com a boca. Alberto achou engraçado isso no início. Não contava um caso, representava uma cena sempre, por mais simples que fosse. Tinha o hábito de ficar tão junto dele, enquanto executava pequenos consertos, que dava para sentir, do seu cabelo permanentemente revolto, o cheiro suave de ervas perfumadas. Ela falava sem parar, e ele, sempre calado, sério, atento às suas obrigações. Só nos últimos tempos percebera o perfume, a voz, a proximidade. Porém jamais pensara em nada. Não era do seu feitio. Antes aquele jeito dela até o incomodava um pouco, não sabia bem por quê. Alberto não era o que se poderia chamar um homem fogoso, ardente, voltado para as coisas do sexo. Demorava séculos para perceber uma paquera. Quando saía com os amigos para o *happy hour* das sextas-feiras e algumas mulheres lhe jogavam charme, ele nunca percebia de imediato. Os amigos só faltavam vaiar. Mas, à época, ele era inteiramente dedicado à família e ao trabalho, jamais saía da linha. Ademais, considerava a traição um ato indigno, infame. Por isso, passava por aquelas situações como se não fossem com ele. Quando saíam, bebiam, conversavam e logo, logo Alberto arranjava um pretexto para voltar para casa. Era disso que ele gostava. Da casa, dos filhos, de Ana, do amor arrumadinho que fazia com Ana. Não queria mais nada da vida. Era feliz com o que tinha então. Até começarem os problemas.

Quando Fernanda começou a chamá-lo com uma certa frequência, não percebeu nada. Até porque, com a sua autoestima lá no chinelo, nem lhe passaria pela cabeça que ela o estivesse paquerando. Ademais, os seus próprios conceitos impediam-no de ver. Afinal, ele próprio jamais teria admitido que uma professora primária flertasse com um faxineiro de prédio, onde já se viu? Sempre fora do tipo de achar que cada macaco no seu galho. Era moralista e conservador. Por isso tudo foi preciso que seu corpo, a natureza mesmo, sobrepujasse sua mente, para que sob a ação dos hormônios agora em permanente descontrole, um belo dia, agachado sob a bancada da cozinha, consertando o sifão da pia, com Fernanda falando sem parar como sempre, em pé a seu lado, com o short vermelho — era o mais bonito, o que tinha o melhor caimento —, uma miniblusa estampada e descalça, pela primeira vez Alberto se surpreendesse passeando os olhos, por sob o mármore da pia, pelas pernas morenas, coxas saudáveis e sólidas, quadris voluptuosos, tudo que estava ali exposto de forma generosa e, mais ainda, imaginando o que estava oculto. Fernanda, recostada na bancada, não tinha ângulo para perceber o que se passava, quando Alberto começou a sentir aquele conhecido calor entre as pernas. Ela estava falando sem parar, contando as últimas gracinhas dos seus alunos (dava aulas numa creche ali perto. Trabalhava no turno da manhã e no da tarde, para poder pagar as despesas do apartamento que dividia com uma irmã e outra amiga, também professora, mas do segundo grau). Adorava contar tudo o que acontecia com os *fofinhos*, enquanto ele fazia o serviço. Alberto não entendia o porquê daquele falatório, nem achava interessante. Na verdade, nem ouvia direito o que ela relatava. Divagava, lembrava do passado e ficava quieto. Deixava-a falar, como se estivesse só. Mas gostava daquele chiado ininterrupto, alegre, fazia companhia. Ela era engraçada e careteira quando contava alguma coisa, o que a tornava muito interessante.

Então, súbito, percebeu-se muito atraído por ela. Assustou-se com a possibilidade de ela perceber algo e sentir nisso uma agressão ou falta de respeito. Tentou acalmar-se, mas ela, naquele exato momento, abaixou-se, ficando quase de cócoras, as pernas levemente entreabertas, equilibrando o corpo. Alberto nunca soube bem como aconteceu, mas de repente, os rostos estavam muito juntos, os olhos de um fixos no do outro, brilhantes, os joelhos encostados e afinal, estava embolado com ela no chão, beijando-a, tocando-a, acariciando-a, louco, numa fúria descontrolada e plenamente correspondida. E assim permaneceram por cerca de duas horas, saciando-se, descobrindo-se e amando-se. Sem uma palavra. Não houve necessidade. Seus corpos haviam dito tudo. Foram momentos que Alberto jamais esqueceria enquanto vivesse. Depois de tantos meses de solidão e problemas alguém o amara, se interessara por ele, quisera tê-lo. Houve sofreguidão, entrega, desejo frenético — afinal, há meses ele não tinha uma mulher. Mas houve também muito carinho, um certo agradecer, uma necessidade de se dar que nunca tinha sentido antes. Sim, agradecer por existir alguém capaz de amá-lo, independente de qualquer coisa que ele fosse naquele momento. Aqueles instantes devolveram-lhe a autoestima. Sentiu-se um homem como outro qualquer, apenas isso. Sem necessidade de explicações.

E foi assim que seu Nestor, sempre farejando, seguindo-o, bisbilhotando, chegou sorrateiro, de mansinho e encontrou a porta entreaberta. E os viu. E sentiu muito ódio ao vê-los. Alberto, o faxineiro, com a mulher mais incrível do prédio. Como o odiou naquele momento, não pensara que podia odiá-lo mais do que já odiava desde o primeiro dia. Mas logo, ficou feliz. Porque ali estava a chance que ele tanto procurara — iria colocá-lo no olho da rua. A oportunidade que ele tanto queria estava ali, não a podia deixar escapar. Não hesitou um minuto. Agiu rápido, para que o flagrante não deixasse margem a discussões. O síndico foi informado de imediato e pôde, inclusive, constatar tudo com os próprios olhos. Os dois, ávidos, engalfinhados, com a porta entreaberta, nem perceberam. Tudo fora feito de forma absolutamente silenciosa. Mas logo, todo o prédio sabia da novidade. A professora e o faxineiro — prato cheio para dias e dias de fofocas.

Foi, é verdade, uma saída triunfal. Não houve um homem sequer do prédio ou da rua que não o tivesse invejado. Todos tinham, em algum momento, cantado Fernanda, gracejado para ela, ou apenas fantasiado. Só ele porém conseguira tê-la. Foi despedido, é verdade. Mas sua reputação na rua estava lá em cima. Foi festejado com tapinhas nas costas, cabeças balançavam incentivadoras, compreensivas e sorridentes ao vê-lo passar. O síndico mesmo, ao efetuar seu pagamento (dera-lhe tudo que tinha direito, mas o aviso prévio em dinheiro fora para afastá-lo o mais rápido possível das moças de boa família do prédio), surpreendera-o com um olhar inquisitivo e, sem dúvida, invejoso. Não o deixaram subir para falar com ela. E ela, saberia do triste final do seu meteórico romance? Estaria trancada em casa, com medo de chacotas ou comentários maldosos? Pensaria mal dele?

E apesar de todo o sucesso daquela que foi sua primeira empreitada sexual depois de casado, arrumando suas poucas coisas — sob o olhar indisfarçadamente exultante do seu Nestor —, doído, injustiçado, só conseguia pensar que enfrentaria o terror de não ter um teto, uma casa, um quartinho, qualquer coisa. Não olhou, nem falou com o porteiro traidor, autor da sua desgraça. Até lhe reconhecia uma certa coerência. Jamais disfarçara a inimizade, jamais escondera que o odiava. Fora transparente todo o tempo. E isso Alberto apreciava.

Com o síndico sim, tentou falar, se defender, mas nada pôde alterar a situação. Não conseguiu nem mesmo parar para pensar. Só se lembrava de como tinha sido maravilhosa a aceitação total e irrestrita de Fernanda. A sua receptividade, a descoberta inebriante de que ela também o quisera e muito. Como pensar nas consequências? Tudo fora tão rápido...

Agora, despedindo-se, era seguir, maleta na mão, por entre, de um lado, as portarias dos prédios vizinhos de onde lhe sorriam, meio invejosos, meio orgulhosos, seus ex-colegas de trabalho, de outro a fileira de carros estacionados na calçada. Sem saber para onde ir e sem se voltar para trás, caminhou...

Capítulo XV

Por várias horas caminhou. Atravessou, várias vezes, a Avenida Nossa Senhora de Copacabana, depois a Barata Ribeiro, indo e vindo do Posto 5, onde ficava o prédio da Fernanda, até o Leme. Temia e desejava encontrá-la. Não podia sequer imaginar ir-se sem lhe falar, sem saber o que estaria ela pensando sobre tudo, sobre aquele final inesperado para sua incipiente relação. Pensava também que seria calhorda ir assim, sem um gesto ao menos de despedida ou de explicação. Teria ela sabido que seu Nestor os tinha denunciado? Temia que ela pensasse que ele se vangloriara do fato de terem tido um relacionamento. Já vira tantos homens fazerem isso... Saíam uma noite com uma garota e, no dia seguinte, a cidade inteira ficava sabendo. Pensava também em como estaria sua situação perante à vizinhança. Por estas e outras questões estava neste ir e vir, à espera de talvez vê-la passar, voltando do trabalho. Faltavam ainda alguns minutos para a saída do turno da tarde. Ele estava na rua ao lado da escolinha. Sabia onde ficava, afinal Fernanda não falava em outra coisa a não ser nos *seus meninos*. Enfim, começaram a sair os primeiros — os pais pegavam uns, outros iam com o motorista da família, alguns entraram no ônibus escolar. De onde estava, Alberto já podia, vez em quando, entrever o rosto vibrante de Fernanda, abraçando um a um os meninos, que se agarravam a ela beijando-a, muito compenetrados, em ambas as faces. Estava corada. O rosto brilhava. Linda. Feliz. Falava com uma das mães, acarinhava uma cabecinha. Até que, por fim, todos se tinham ido.

Esperou mais um pouco para aproximar-se do portão. Alguns minutos mais, ela apareceu, abraçada a pastas e folhas com trabalhinhos dos alunos; pareceu muito surpresa ao vê-lo. Ficaram um ou dois minutos em silêncio. Olhando-a, sôfrego, toda a fascinação da véspera voltou sem que pudesse evitar. Em segundos reviveu aqueles momentos, perturbando-se por completo. Ele divagava. Olhando-a nos olhos, esperando encontrar a mesma chama. Percebeu, porém, com enorme espanto que para ela não houvera nada. Bruscamente recobrou a consciência.

Ouviu-a perguntando, admirada, o que ele fazia ali, e, em contraste com a sua súbita mudez, as palavras lhe jorravam, a princípio parecendo-lhe sem sentido, até que as ideias voltaram a concatenar-se e ele conseguiu penetrar-lhes o significado. Era tudo muito simples, explicava: ela era uma mulher livre, feliz, desimpedida e sem preconceitos. Quando sentia atração por alguém, deixava as coisas acontecerem. Assim tinha sido com ele. Como seria com outros depois. Como tinha sido com outros antes. Mas não havia nada além disso. Uma relação carnal sem consequências, sem culpas e sem compromisso. Fortuita. "Uma vez, nada mais", como na canção. Talvez ele tivesse entendido errado? Alimentado alguma ilusão? Claro que não, ela mesma já respondia. Uma pena o que acontecera a ele. Ela sentia muito. Mas nada podia fazer. Não, não se preocupasse. Os vizinhos nada significavam para ela. Nem o que diziam, nem o que pensavam. Ela era uma mulher do século XXI. Avançada no tempo. Sem ligações, sem falsos moralismos, sem escrúpulos idiotas. Ele era um amor por se preocupar com ela, mas não havia razão de ser, estava agora afirmando, enquanto lhe passava, com suavidade, a mão pela face. Estava lhe dizendo que ele era um *gentleman* e rindo. Que ela não ligava a mínima para essa coisa burguesa chamada reputação. Que tinha sido muito bom, mas que cada um tocasse a vida para a frente. Estava rindo de novo, agora. Linda. Feliz. Solta. Beijou-o com suavidade nos lábios. Endireitou a bolsa que teimava em lhe cair dos ombros morenos. Voltou as costas e se foi, rebolando, alegre. Na esquina, virou-se e acenou. Em seguida, sumiu de vista.

Incrível, uma mulher assim! Uma prostituta, ele diria em época recente. E agora? Achava isso ainda? Não ficou com raiva, percebeu. Só espantado. Ficou parado, cabisbaixo, absorto. Seria a isso que Ana se referia na carta, quando dizia que queria conhecer outras pessoas? Era isso que ela queria da vida? E Fernanda? Chamava a quem lhe agradasse para o apartamento? Sim, ela mesma o dissera. Como ele era bobo... Pensava que representasse alguma coisa. Quer dizer, pensando bem, representara: o mesmo que as mulheres representavam para muitos amigos seus. Estranho. Nunca conhecera uma mulher assim. Sentiu-se usado. Melhor esquecer. Tinha coisas muito importantes para resolver agora. Fernanda que se danasse.

Capítulo XVI

Alberto se consumiu, enlouquecido à procura de emprego. Alugou uma vaga num apartamento miserável num prédio da Belford Roxo, cuja dona sobrevivia sublocando todo o espaço possível. Doze pessoas se acotovelavam na sala e no quarto de empregada, em míseros colchonetes, que pela manhã eram empilhados a um canto, enquanto ela reservava-se o único quarto existente. Ali adquiriu o direito de dormir e usar o banheiro. Um pardieiro, imundo, que, pouco a pouco, consumiu-lhe boa parte das economias. Só podia entrar a partir das oito horas da noite e tinha que desocupar, no máximo, às nove da manhã. Quem quisesse, podia desfrutar do café da manhã (um pão com manteiga e uma média) pagando um pouco a mais. Ele preferiu assim, porque lhe sobrava mais tempo para caçar uma nova ocupação. Foi o que de melhor conseguiu nas circunstâncias. Em verdade, queria um teto, mas, por outro lado, só pensava em poupar, em esticar ao máximo suas economias. Por isso, apesar do horror que lhe causava dormir ao lado daquelas pessoas sujas, decrépitas, que fediam, usavam roupas surradérrimas, encardidas, que não tinham a menor finura no trato — qualquer coisinha gerava uma briga homérica, palavrões do mais baixo calão eram derramados às dúzias —, por isso, pelo pavor do dinheiro acabar antes de ele ter uma outra chance, cuidou de ficar ali, o local onde teria o mínimo de despesas. Mas, mesmo assim, o dinheiro se foi, nas idas e vindas aos empregos, nos jornais que tinha que comprar e na comida. Como é caro manter-se vivo e decente, simplesmente manter-se vivo e decente, surpreendeu-se pensando várias vezes. A inflação terrível fazia tudo aumentar a cada dia e tudo aumentava muito, a cada vez.

Assim, passados agora dois meses terríveis, encontrava-se, de novo na rua, sem dinheiro, sem perspectivas. Não encontrara emprego, não encontrara amigos, não encontrara nada nem ninguém. Por isso, estava mais uma vez agarrado a sua mala, muito mais surrada agora, com suas roupas cada vez mais sujas e menos apresentáveis. Para lavar uma calça tinha que ter sabão, uma local limpo, a possibilidade de lavar, deixar secar, passar a ferro. E ele não tinha nada disso. Se alguém lhe dissesse, lhe contasse esse tipo de dificuldades há bem pouco tempo, riria — não acreditaria em nada. Agora ele estava vivendo isso.

Vagueou por dias, nunca parando no mesmo lugar, porque apavorava-se com a presença dos mendigos, dos sem-teto. Não entendia por que, raios, mal se sentava num banco qualquer, vencido pela exaustão, logo algum deles se aproximava, com ares de intimidade ou compreensão. Que coisa! Que gente mais chata e sem postura. Onde já se vira — ele — ficar conversando com esses, esses... semimarginais. Não concebia, nem lhe passava pela cabeça que, pouco a pouco, sua aparência começava a denunciar sua real situação. Assim, não se apercebia que eles o viam como a um igual. De forma que preferia passar os dias caminhando ou dormindo sentado, nos bancos das praças até a hora em que os seguranças vinham acordá-lo, expulsando-o e a outros, porque "estava na hora de fechar os portões".

Com o passar do tempo habituou-se a ficar dias e dias sem falar com ninguém. As últimas derrotas tinham-no esvaziado de qualquer projeto. Já quase perdera a esperança de conseguir trabalho. Estava sem dinheiro e, aos poucos, foi vendendo uma ou outra peça de roupa aos "flanelinhas" ou a outros desafortunados como ele, que passavam o dia esmolando, mas conseguiam por vezes algum dinheiro. Alberto, então, premido pela fome, sujeitava-se a negociar com eles. Acabou entregando quase todos seus pertences restantes por uns trocados, desde que, desta forma, fosse possível comprar um prato feito num desses barezinhos imundos que existem às dezenas por toda Copacabana.

Não sabia como, mas ainda achava que haveria de dar um jeito. Esmolar não, jamais. Eventualmente, tentava achar um trabalho, lendo cadernos de classificados jogados no lixo. Mas em geral, quando chegava ao local, as vagas já estavam preenchidas. Afinal, os jornais eram de dois ou três dias atrás. E com o desemprego crescente...

O mais terrível para ele era ver a noite se aproximar. Morria de medo. No início tentara não dormir à noite, mas passada uma semana, não aguentou mais. Já há duas noites, entregara os pontos. Fizera algo que pensara jamais fazer: procurara uma marquise mais abrigada, mais recuada, deitara-se no chão e simplesmente dormira. A noite toda. Como jamais pensara poder fazer. Dormira como um bebê, indiferente a todo o movimento de pessoas, carros, ônibus ou de outros desafortunados como ele. A bem da verdade, Alberto já não pensava. Agia por mero instinto. Os dias eram dedicados a procurar formas de ganhar algum dinheiro para logo transformá-lo em comida. Comer tornara-se uma obsessão. Ia para a porta de boates ou restaurantes e ficava esperando chegarem as pessoas de carro. Aí aproximava-se e pedia para tomar conta. Alguns ficavam indignados e destratavam-no e eram grosseiros; diziam "um homem forte desses. Imagine, que vergonha! Vá trabalhar, vagabundo. Esse povo não quer nada mesmo!..." Ficava arrasado, porque ninguém mais do que ele havia tentado — e como! — arranjar emprego. Falavam com a empáfia e a superficialidade de quem nunca, verdadeiramente, passara as dificuldades por que ele estava passando. Julgavam-se honestos e trabalhadores. Eles e apenas eles. Os outros, como ele, eram um bando de vagabundos, de preguiçosos, que não queriam nada com nada. Pior era lembrar que ele, há muito pouco tempo, fazia os mesmos julgamentos. Como condenava rápido as pessoas no passado. Passado! Seria mesmo passado? Parecia-lhe tão próxima e, ao mesmo tempo, tão distante a época em que tinha emprego, casa, esposa e filhos... Conseguiria revê-los um dia?, pensava desesperado. Ressentia-se dos maus-tratos que sofria, bem como da sua própria recente incapacidade de entender as dificuldades por que vinha passando a população de seu país. Tinha maltratado muitos e muitos que pediam para tomar conta do seu carro, achando que estavam querendo ganhar sem fazer nada. Tinha julgado sem pensar no outro lado da moeda, sem compaixão, de forma burguesa e leviana. Constatava que, com a barriga cheia, um emprego, uma profissão, uma casa, era muito fácil resvalar para esse tipo de impiedade. Sabia agora. Na própria carne, aprendera que nem todos os que estão por aí, nas ruas, eram pessoas sem eira nem beira, ou preguiçosos. Talvez muitas delas estivessem na mesma situação que ele. Se ele, engenheiro, estava num beco sem saída, os outros então... Assim, apesar de todo medo e asco que sentia, já não via seus colegas de infortúnio com superioridade. Começava a nutrir um sentimento de solidariedade, embora continuasse a manter distância total deles.

Com os trocados que alguns lhe davam para tomar conta do carro comprava comida. Ia sempre para pontos diferentes, porque a concorrência era grande e acabavam expulsando-o do que chamavam *o meu ponto*. De imediato ele saía, porque sabia que a violência entre os flanelinhas era muito grande e não era bom de briga. Era tímido e não agressivo. Portanto, ao primeiro desentendimento ou ameaça, mudava de rua, procurando horas após horas um pedaço para ele. Mas a cada dia isso tornava-se mais difícil e assim ficava dias e dias sem conseguir qualquer centavo. Parecia que os flanelinhas brotavam do chão. A cada rua, ou melhor, a cada quarteirão de cada rua já havia um homem — ou até mulheres, embora em menor número — com um paninho qualquer na mão, indicando sua ocupação. E ai daquele que ocupasse o espaço do outro...

Assim, agora, comia quando era possível. Já tinha muito pouca coisa na valise: uma calça, que inclusive era uma das duas novas — para usar nas idas aos empregos — duas camisas — as que comprara no centro da cidade, um par de meias e duas cuecas. Manter a roupa em bom estado era uma preocupação constante. Quando ia aos banheiros dos bares, aos quais recorria sempre (variando também para não ficar conhecido), lavava nas pias a meia e a cueca usadas. Depois, nas praças estendia-as nos bancos em que se sentava, até que secassem. Era um expediente que resolvia dois problemas: a higiene pessoal (lavava os braços, o rosto, as axilas com os sabonetes grosseiros que deixavam nas pias nem sempre limpas, quase sempre imundas, porque era a única forma de continuar mantendo uma aparência razoável) e as roupas, que lavava da melhor forma possível, para mantê-las em estado de uso. Tinha seu pente, uma escova de dentes e um resto de creme dental, que usava com parcimônia, para durar o máximo possível. Assim, diariamente, havia que peregrinar até achar um bar a que não tivesse ido há alguns dias, para evitar ser expulso. Afinal, os donos e os empregados não recebiam bem aqueles que usavam suas dependências sem consumir nada. Cada coisa que antes eram simples rotinas de cada dia havia se transformado num problema de complexa resolução. Ir ao banheiro nas horas de necessidade, lavar-se, tomar um banho (isso tinha tempo já que não fazia, lavava-se como podia nos fétidos banheiros que agora frequentava; mas um bom banho, um bom chuveiro, lavando todo o seu corpo era apenas um sonho longínquo), comer, dormir — tudo tornara-se muito complicado. Por vezes, deixava-se dominar pela depressão e passava dois dias inteiros dormindo num canto qualquer de calçada. Aquilo que antes lhe parecera impossível em termos de dignidade pessoal, agora era rotina. Fazia e pronto. Não pensava mais no assunto. A fraqueza, a depressão, a desesperança, a solidão — tudo somado — acabavam minando-lhe as resistências. Aos poucos, sem que tivesse consciência, começou a se parecer com muitos dos sem-teto, a quem há bem pouco tempo tanto criticara.

Uma noite, adormeceu — dormia sempre profundamente, devido ao cansaço e às péssimas condições alimentares. Quase como se desmaiasse. Passava o dia todo perambulando, pegando jornais, procurando emprego, tentando *guardar* um ou outro carro, para conseguir um trocado. Outras vezes, tentava um prato de comida em troca de uma faxina num bar ou algum outro serviço de que estivessem precisando. Às vezes dava sorte. Às vezes, não. Agora, portanto, comia quando podia. E sempre uma vez ao dia. Naquela noite, sentia-se por demais enfraquecido, por isso seu sono foi profundo e imediato. No meio da madrugada, acordou assustado: um homem forte, troncudo, puxara-lhe a maleta de sob sua cabeça com violência. A pancada da cabeça no chão duro e frio despertou-o por inteiro. Levantou-se como um raio, mas ainda sem compreender o que se passava. O outro, baixo e atarracado, porém bastante forte, olhava-o com um misto de zombaria e agressividade, tendo nas mãos sua preciosa mala. Alberto, compreendendo-lhe a intenção, ficou desvairado de raiva e avançou com ódio incontido, tentando recuperá-la. Entretanto, ele desvencilhou-se com facilidade e lançou-lhe a valise no rosto com violência. Estava leve, já que agora era muito pouco o seu conteúdo, mas era um bem, o seu único bem e fora o suficiente para despertar a cobiça do outro. Com a força do arremesso, a quina bateu-lhe no olho direito, estonteando-o. O sangue começou a jorrar. Abrira-lhe o supercílio. Como um raio, tentou novamente agarrá-lo, sem perder de vista a maleta, agora no chão. Engalfinharam-se. Por uma ou duas vezes Alberto conseguiu esmurrá-lo. O ódio que sentia era indescritível. A sua mala! Audácia, tentarem tirar dele a única coisa que o mantinha, ainda, um homem. Mas, despreparado e frágil, quando conseguia dar um soco, o oponente já lhe havia dado dez. Ele caía no chão, o outro chutava sua barriga, atingia-lhe os genitais, pisava-lhe os dedos. Não havia regras, nem lisura. Era uma luta de morte. Começou a juntar gente.

Gente que passava, de bem com a vida, olhava a tudo com certo divertimento: "dois mendigos lutando, que coisa hilariante..." Alberto, com a vista inchada, não enxergava direito. O corpo era uma dor só. Mas continuava tentando resistir, para reaver sua maleta. Quanto mais lutava, mais apanhava. Não desistia, porém. Todo o ressentimento, as frustações daqueles últimos meses, todas as injustiças... Não iria tolerar. Quase desmaiava, mas alguma coisa o impelia a ir adiante. Avançava, levava um soco, tropeçava, caía, tonteava, mas levantava e se atirava de forma suicida em cima do oponente. Ladrãozinho de merda! Miserável! Vai me pagar caro!, gritava, quase sem fôlego. Um grupo de desocupados torcia, desavergonhados, contra ele; aos gritos de incentivo "dá-lhe"; "acerta no estômago"; "esse cara não é de nada, acaba com ele", faziam com que o outro se animasse mais e mais. Recrudesciam os golpes. Alguns só assistiam, mudos. Ninguém interveio, ninguém tentou ajudá-lo.

Depois do que lhe pareceu uma eternidade de socos e pontapés, tudo se tornou turvo, enegrecido. Ficou desmaiado horas e horas.

Passou dois dias semiconsciente. Não podia se mexer, porque tudo lhe doía horrivelmente. Mal conseguia enxergar, porque a vista direita, com a pancada da maleta, inchara de tal forma que lhe vedava a visão por inteiro. O esquerdo, que também levara outros tantos socos, estava bem machucado, mas ainda lhe permitia visualizar as coisas, embora quase só vultos. O abdômen, chutado diversas vezes, doía de forma insuportável. Duas costelas haviam se partido com os chutes. As mãos, finas e não habituadas a esmurrar fosse o que fosse, também estavam com as juntas abaladas e as dobras dos dedos cheias de ferimentos. A pele e até um pouco de carne se foram, nas tentativas de atingir seu oponente. Nas condições atuais, ficar imóvel, largado no chão, doía um pouco menos.

Lembrava de um vulto suave se debruçando sobre ele. Volta e meia, colocando-lhe uns goles de água na boca. Outras vezes, leite. Mais tarde, uma papa de pão molhado no leite. Um dia, uma sopa quente, reconfortante... Aos bocadinhos, fazendo-o alimentar-se. O maxilar inchara tanto, que só podia entreabrir os lábios. Perdera, ademais, dois dentes, os da frente, o que dificultava a mastigação. Apesar de não poder ver bem e em grande confusão mental, Alberto soube, o coração pulsando enlouquecido, quase estourando no peito, que era Ana. Ana o encontrara! Não sabia como nem por quê, mas Ana voltara. Estava ali, estava cuidando dele... Depois de tantas desgraças, pelo menos uma alegria... E que alegria! Pôde entrever, além do mais, para sua suprema felicidade, por várias vezes, duas cabecinhas de criança, olhando-o com curiosidade e apreensão. Seus filhos! Depois de tantos meses... Não sabia como o milagre se dera, nem queria mesmo saber, mas ali estava ele, com a cabeça apoiada no colo de Ana. Não conseguia falar; quando tentava, ruídos estranhos lhe saíam da garganta. Durante dias, a cena se repetiu. De hora em hora, Ana se aproximava, aconchegava-se a ele, corrigia as dobras de um cobertor providencial surgido do nada (afinal já era inverno), dava-lhe de beber, alimentando-o com carinho. Uma vez por dia, limpava-lhe os ferimentos, uma ocasião trocou-lhe a camisa e a calça, ambas empapadas de sangue, suor e poeira. Aquilo tudo o confortava. Ana de novo ao seu lado, amiga, dedicada, cuidando dele, amando-o.

Lembrava-se de, várias vezes, ter os cabelos suavemente acariciados por mãos de fada, o que o relaxara e fizera dormir tranquilo. A paz voltara ao seu espírito: a chegada de Ana, com sua firmeza e resolução, deu-lhe novo alento, outra vez, à vida. Assim que melhorasse, tudo acabaria entrando nos eixos.

Mais alguns dias se passaram. Alberto sentia-se melhor. Um pouquinho a cada dia. A cabeça já não lhe doía tanto. A boca e os olhos desincharam pouco a pouco. Respirar já não era um tormento tão agudo. Bastava um pouco de cuidado e jeito ao se mexer. A sua Ana voltara e operara o milagre. Salvara-lhe a vida, com dedicação e paciência.

Afinal chegou o dia em que conseguiu sentar-se, abrir os olhos, ansioso por encarar sua mulher, agradecer-lhe, beijá-la. Mas seu espanto transformou-se em horror. Ao abrir os olhos, percebeu sua cabeça no colo de uma desconhecida, uma mulher escura, suja, desdentada, cabelos desgrenhados, magra, esquelética, fedorenta. Aos seus pés, duas meninas magricelas e remelentas aconchegavam-se, enroladas numa manta velha e muito suja.

Ana!!! Onde estava Ana? E, Deus do Céu, quem era aquela mulher??

Acordou para a realidade como se um raio o tivesse atingido. Mesmo ainda fraco e muito machucado, levantou-se com tal ímpeto que esbarrando nas crianças fê-las desequilibrarem e rolarem no chão, assustando-se e começando, as duas, imediatamente a chorar. A mulher, também abalada, mal conseguiu evitar que as pernas de Alberto lhe batessem no rosto. Não machucara-se porém.

Atordoado, Alberto cambaleou para longe das três. Uns passos adiante porém, sentiu-se tonto e precisou sentar. A mulher beijava e acalmava as meninas, passando as mãos pelos cabelos duros, sujos e engordurados, mas com tanto carinho e cuidado que, por um instante, Alberto arrependeu-se dos seus modos grosseiros. Fez um gesto em direção a elas, mas conteve-se em seguida. Por um instante pareceu-lhe ver no olhar da mulher uma centelha de esperança, uma sombra suave e leve de sorriso desenhando-se-lhe nos lábios. Enojado, virou-lhe o rosto. Não era uma visão boa — a gengiva sem dentes, as faces esquálidas, o rosto sujo, tentando sorrir ou tentando o que lhe parecera um sorriso. Talvez nem fosse.

Permaneceu sentado por muito tempo. Não entendia o que sucedera. A mulher e as crianças continuavam imóveis, volta e meia porém lançavam-lhe um ou outro olhar de esguelha. Parecia que não iam mesmo embora.

Anoiteceu. A mulher dirigiu-se então para o canto da marquise, ao fundo da calçada e, com total desenvoltura, iniciou um ritual em que latas velhas, um pequeno fogareiro de repente apareceram, além de alguns legumes que ela, um a um, foi retirando de um saco de aniagem, colocado em cima de uma manta. Aquela manta... parecia-lhe familiar...

Em breve, da panela improvisada, daqueles entulhos recolhidos na xepa de alguma feira, começou a desprender-se um cheiro de sopa. Um cheiro milagrosamente gostoso e... a fome que ele estava sentindo! Deus! parecia-lhe, apesar das lembranças recentes de Ana alimentando-o, que não comia há anos...

Agora, ela estava dando de comer às filhas. Duas latas serviam de prato, nos quais colocara a sopa e pequenos pedaços de pão dormido. As crianças comiam, ávidas. Repetiram duas vezes. Ao final, ela própria se alimentou. A cada gesto, olhava de soslaio para ele que, por sua vez, não conseguia despregar o olhar da cena. Observando melhor, porém, Alberto reconheceu, os gestos eram os de toda mãe zelosa, nutrindo as crias. Com o que possuía ou conseguia de melhor. Só ao final, após vê-las saciadas, tomou uma cuia ela própria... Havia amor em cada gesto, carinho, dedicação. Alberto surpreendeu-se pensando o quanto mais difícil era a tarefa daquela mulher, comparando-se aos que têm com o que viver. Devia, com toda certeza, fazer mágica para conseguir manter, a si e às meninas, vivas.

Quando todas terminaram, ela lançou-lhe um olhar interrogativo e temeroso e, muito a medo, indicou-lhe com o dedo a comida. Alberto compreendeu. Com um aperto forte no coração ele, afinal, apreendeu tudo.

Não, não havia sido Ana quem o socorrera e cuidara dele todos esses dias. Tinha sido aquela infeliz, já tão cheia de problemas, quem na realidade lhe estendera a mão. Mais do que isso. Não esperara resposta, nem consentimento. Cuidara dele. Tirara um pouco do tão pouco que tinha e alimentara-o, lavara-o, acariciara-o, trocara suas roupas, fizera-lhe a higiene. Alberto corou ao pensar nisso. Mas era verdade, como se explicaria então que, após tantos dias, não estivesse com a roupa toda suja das suas próprias necessidades? Como se explicaria o fato de não ter morrido, de estar com as feridas lavadas? Como negar que alguém o alimentara? Fora ela e não Ana. Agora sabia com certeza. Foram seus delírios, seus sonhos que materializaram a presença, tão desejada, da mulher. Fora o delírio que trouxera Ana de volta. Mas ela não voltara. E a manta que lhe parecera familiar era, agora sabia, a que o agasalhara nesses dias. Com um incômodo sentimento de culpa, percebeu que ela lhe cedera seu único agasalho. Dormira gelada e o protegera. Como às filhas. Como se fora, ele também, uma criança, cuidara e tratara dele, mesmo à custa de seu, já tão mínimo, bem-estar pessoal.

Enquanto a verdade clareava sua mente com sua luz intensa e dolorosa, a mulher continuava segurando a cuia nas mãos, paciente, esperando um gesto, por menor que fosse, que lhe indicasse aquiescência. Em fração de segundo, Alberto pensou que, caso aceitasse, talvez ela interpretasse como um sinal de aproximação e ele, de maneira alguma, queria que tal sucedesse. Aquela figura grotesca causava-lhe intensa repugnância e também um sentimento estranho de consternação. Ela era a materialização de todos os seus sofrimentos atuais. A sua imagem era a imagem do fim, de quando se aceita viver como o resto dos restos e isso se torna natural, normal e imutável. O fim da esperança, da mudança, da dignidade. Por tudo isso, Alberto virou-lhe as costas. Com muito esforço, porque o estômago doía.

Passado um quarto de hora mais, sentiu tonturas. Ainda estava fraco demasiado. Embora lúcido. Arrependia-se, faminto, de ter aberto mão da sopa quentinha. Um frio incontrolável fazia com que tremesse da cabeça aos pés. Ventava pouco, mas era um vento gelado. O Rio verdadeiramente era a cidade maravilhosa, na qual até os mendigos podiam sobreviver, apesar de tudo. Mas a sensação de abatimento, aliada à fome e ao frio, não lhe dava tréguas, e os joelhos chegavam a chacoalhar um contra o outro. As juntas doíam com mais intensidade devido à contração muscular consequente ao frio.

Súbito, percebeu-lhe a presença mansa. Com muita gentileza, quase imóvel, ao seu lado, estendia-lhe a sopa, novamente quente, fumegante. A alma caridosa não desistira. Não aguentou. Brusco, pegou-lhe das mãos e tomou tudo, quase de uma vez.

E a seguir lá estava ela, de volta com mais uma cuia cheia. E assim foi e voltou por quatro vezes, até vê-lo aquecido e reconfortado. Na última volta, trouxe nas mãos a velha manta e agasalhou-lhe pés e pernas. Quase instantaneamente, Alberto recostou-se e adormeceu. Confuso, não conseguiu sequer agradecer-lhe. Ao contrário, temeroso, acuado, não levantou sequer o olhar, para não encará-la.

Manhã seguinte, acordou com os benditos raios de sol, acalorando-o. Sentou-se. Olhou em volta. Quem sabe, tudo não teria sido um sonho, um sonho mau, um pesadelo? Mas não, lá estava ela, dormindo, sem nada protegendo seu corpo, envolto em um velho vestido que outrora fora estampado, toda enrolada como um caracol, os braços cruzados, para esquentar. A seus pés, as duas meninas. Quietinhas, olhando a mamãe, com cuidado, para não acordá-la. Sentiu-se desprezível. Deixara-a passar frio mais uma noite, comera da sua comida e não tivera a dignidade de dizer um obrigado que fosse. Por tudo, por aquela noite e pelas outras em que, decerto ela deixara de se alimentar para alimentá-lo, em que se deixara dormir tremendo para mantê-lo aquecido.

Em troca de quê? Por que teria ela se dedicado dessa forma a um estranho, um completo estranho? Ainda por cima, um estranho que, ao acordar de novo para a vida, graças a ela aliás, não lhe tivera uma palavra boa, um sorriso, um gesto de humanidade? E a quem, ainda assim, mais uma vez, dedicara o que tinha de melhor, o que conseguira para as filhas... Sim, perguntava-se atônito Alberto, por quê? Se a ele, tão cheio de amigos, ninguém antes dera a mão, por que ela? E em troca de quê?

Capítulo XVII

Assim foram passando os dias. Alberto, melhorando aos poucos, graças aos cuidados de Liliane. Sabia agora seu nome e o das crianças — Lília e Lilian.

Falta de imaginação, coisa cafona, pensou ao saber, com a força do preconceito. Apesar disso e sem falar, sem lhe dirigir uma palavra sequer, Alberto continuou aceitando sua proteção, seu carinho, seus cuidados. Ela nada exigia. Se ele não queria falar, ela não lhe falava. Entendia-o por pequenas modificações da expressão, através de qualquer mudança facial. Adivinhava-lhe as necessidades e atendia-as a todas dentro do que era possível naquela inumana maneira de viver.

Muitos mais dias transcorreram. Ele sentia-se um calhorda pelo seu oportunismo, mas não conseguia mudar esse estado de coisas. Por outro lado, não se sentia com forças para rejeitar a ajuda tão necessária à sua recuperação e sobrevivência. Assim, foi deixando as coisas seguirem seu rumo. Sentia-se cada vez mais forte e, por outro lado, cada vez mais indigno de tanta dedicação.

As meninas passavam os dias esmolando nos sinais próximos, tentando vender caixinhas de chicletes. Conseguiam sempre alguma coisa, por pouco que fosse. Esse pouco era transformado em comida, de forma econômica e sábia, por Liliane. Para as meninas, ingênuas, na sua inocência e sem conhecer outro tipo de vida — tinham quatro e seis anos — tudo era natural. O trabalho, dormir nas ruas, esmolar, lavar-se um pouco nos postos de gasolina (quando deixavam), pedir esmolas aos *bacanas* e aos *gringos*, como diziam. Tudo parecia-lhes normal. Brincavam, riam, embolavam-se no chão. Comiam com apetite. Faziam suas necessidades em alguma parte do meio-fio e seguiam adiante, brincando, comendo, rindo, como se tudo que esperassem da vida fosse isso mesmo. Aos poucos e a contragosto, Alberto foi se sentindo conquistado: eram alegres e engraçadas. Frequentemente, sentavam a seu lado, sorriam-lhe e comiam junto a ele. Ao perceberem que ia começar uma refeição, corriam e sentavam-se, uma de cada lado, com suas latinhas à guisa de pratos, sorriso inocente nos lábios, para acompanhá-lo. Nada falavam, apenas olhavam-no e sorriam. Por vezes, quando adormecia, elas o cobriam, como viam a mãe fazer. Ele sentia-se confortado e de novo humanizado, mas teimava em não demonstrar qualquer expressão de afeto ou simpatia. Não conseguia e não queria esquecer o cheiro horrível que emanava dos corpinhos franzinos, os dentes sujos, o hálito azedo. Não podia ceder, se misturar. Ele era de outro mundo. Estava ali temporariamente por um engano terrível do destino. Logo tudo voltaria aos seus devidos lugares. Alguma coisa iria acontecer e tudo tornaria a ser como antes. Permanecia taciturno, calado, incomunicável. Parecia, porém, que elas não percebiam esse azedume e, para seu alívio, continuavam acompanhando-o, rindo para ele, comendo com ele, mostrando carinho e felicidade por tê-lo com elas.

Brincavam com latas e caixas de papelão, pedaços de panos sujos que enrolavam de forma a parecer uma boneca, que acalentavam, dando comida, cuidando, como todas as meninas fazem. Nessas horas, observando-as, lembrava-se da filha e sentia uma doída ternura invadir-lhe o coração. Um desejo de protegê-las, de cuidá-las, como cuidara antes da sua menina. Sofria, silencioso, observando-as, furtivo, disfarçado.

Com relação a Liliane, sem que se desse conta, coisa estranha começou a acontecer: já não a percebia grotesca, nem tão feia. Sem se dar conta, conseguia agora descobrir — por baixo da sujeira, da miséria e da pobreza, da falta de dentes — traços delicados, uma certa graça de gestos, a feminilidade natural que toda a adversidade não conseguira apagar. A bondade e meiguice que demonstrava, sem nenhuma exigência de contrapartida, tinham-no abalado e feito com que, malgrado sua rigidez e preconceitos, conseguisse enxergar para além da mera aparência física decrépita, da cor, da sujeira, do mau cheiro do corpo.

Uma tarde, levantou-se e saiu do canto deles. Pela primeira vez em quase vinte dias afastou-se daquela esquina, daquela marquise. Andou sem rumo, dando por si na Avenida Atlântica, num daqueles dias que só no Rio acontecem. Jovens dourados, despreocupados, alegres, jogavam futevôlei, frescobol e vôlei. Senhores de idade jogavam peteca. Mães tostavam seus bebês ao sol. Babás formavam pequenos grupos em torno dos postos de salvamento, usando os bancos para sentar e fofocar enquanto os bebês mamavam, choravam ou riam. Lindas jovens com biquínis mínimos passavam em grupos de duas ou três, desfilando seus corpos jovens, esculturais, falando umas ao ouvido das outras, rindo, descontraídas, felizes por serem admiradas e desejadas por todos que passavam — velhos, adolescentes, rapazes, turistas.

Tudo continuava exatamente igual. Constatou assustado que nada mudara, nada parara. Só a sua vida se transformara. Ninguém percebera, nem sentira sua falta. Era uma constatação amarga mas que, ao longo de tantos meses, já não o enlouquecia. Encontrava-se meio anestesiado. Conformado, não — desesperançado, passivo depois de tantos meses de luta. Vivia, apenas.

Andou uns dois quilômetros, abençoando a tarde quente, incrivelmente ensolarada daquele inverno carioca. Era uma bênção aquela cidade.

Sob as verdes palmeiras da areia muito branca e fina, alguns mendigos e miseráveis dormiam ao sol, curtindo a bebedeira diária. Pessoas passavam tranquilas, indiferentes. Eram parte da paisagem.

Como estariam seus filhos? Ana não tinha nada de seu, nunca trabalhara fora, preocupou-se. Como estaria se virando? Teria tido mais sorte que ele? Bem, pelo menos Ana tinha os pais. Quem sabe não a estariam ajudando e aos netos? Preferiu acreditar que assim fosse.

Lembrou-se de como gostava de correr no calçadão, quando mais jovem. Sentiu-se impregnado de uma calma há meses não alcançada. Ainda podia fazer algumas coisas de que gostava, descobriu incrédulo. Afinal, era de graça! Começou a correr pela ciclovia, passos curtos e não muito rápidos. Sentiu-se bem fazendo aquilo. Por uns duzentos metros, o fez com um sorriso nos lábios, olhos fechados, embalado por este inesperado sentimento de paz.

Aos poucos foi abrindo os olhos e começou a olhar as pessoas que passavam. Era uma das coisas que amava fazer: apenas observar rostos de expressões tão diversas — uns alegres, outros sérios, uns falando sozinhos, outros contraídos. Uns magros, outros gordos. Uns correndo enquanto agitavam as mãos, outros fazendo pequenos exercícios com os braços. Outros, ainda, sentados em cadeiras junto às barraquinhas coloridas, tomando chope ou água de coco. Aquilo sempre o atraíra muito: perceber como cada pessoa era diferente da outra. Como, ao mesmo tempo, determinados indivíduos pareciam-se com alguém que conhecia. Gostava de ficar comparando-as com animais ou aves, dependendo do tipo de rosto ou da forma do corpo, ou mesmo pelo andar. Uma brincadeira inofensiva, só no seu íntimo, sem ofender ninguém. E que não custava um tostão.

Logo essa sensação de paz cedeu lugar ao desconforto. Primeiro começou a perceber que as pessoas, quase sem exceção, desviavam-se dele ao passar. Nojo? Pena? O que seria? Umas, bem jovens, paravam para olhá-lo e riam, apontando-o com impiedade. Outras apenas sorriam, condescendentes, balançando a cabeça. Decerto pensavam um mendigo, esquálido, todo sujo, cheio de machucados pelo corpo, hematomas, sem dentes, fazendo *cooper*? Para quê? Talvez para emagrecer mais um pouco? Ou para ficar com mais fome? Cochichavam a sua passagem. Alberto perdera de vista sua imagem atual — fixara o que ele fora. A memória confundira a visão num mecanismo primário de defesa. A emoção negava a realidade. Em verdade, também há muito não se olhava num espelho. Não era mais importante. Não percebera no que se transformara. A surra terrível o desfigurara. A alimentação precária transformara seu corpo, secando-o. A cor saudável que possuía fora substituída por uma palidez intensa. A sujeira acumulada pela dificuldade seguida de banhos completos, demorados, com direito a um bom sabonete, espuma abundante, uma bucha, uma toalha limpa — doces e distantes lembranças — colocara-lhe na pele uma série de manchas escuras, encardidas, que formavam estranhos desenhos abstratos. A roupa caía-lhe frouxa pelo corpo, manchada, brilhosa de gordura, gasta, fedorenta.

Sentiu um constrangimento insuportável. As passadas foram involuntariamente diminuindo de intensidade, como que retidas por uma força invisível e invencível. Até que parou. Um ódio contra tudo inundou-lhe a alma, o peito, o corpo, com uma força antes desconhecida para ele. Nunca fora capaz de um sentimento tão devastador, tão forte, tão negativo e violento. Como era possível tanta incompreensão? Tanta insensibilidade, tanta falta de humanidade? Ninguém entendia, ninguém se importava? Tentou acalmar-se. Tremia, suavam-lhe as mãos, o coração batia descompassado, doloroso no peito ossudo. Sentia-lhe as pancadas com nitidez — um som abafado, forte, rápido, tenso. Tudo o que conseguiu, porém, foi, para seu desgosto e surpresa, prorromper num choro convulsivo. Soluços altos, descontrolados: um ruído surdo, estranho. Tentou contê-lo, desesperado, mas por mais que tentasse não pôde evitar, nem parar. Aos poucos, foram-se-lhe dobrando os joelhos, como árvore que, decepada, inclina-se para o chão, até quedar-se acocorado, os braços cobrindo-lhe a cabeça escondida entre os joelhos. Chorou de forma copiosa, as lágrimas saltando-lhe dos olhos, molhando-lhe o peito. A camisa, presa nas mãos, volta e meia a utilizava para assoar o nariz, que pingava sem parar. Chorava por tudo que ele fora e pelo que era agora. Deplorava ter sido, um dia, há poucos meses (oito, talvez dez?), como aquelas pessoas que agora o olhavam entre perturbadas e divertidas. Carpia a mágoa, o ódio, o desamor — por ele e pela humanidade.

Algumas pessoas começaram a parar — a uma distância segura — para observá-lo. Afinal era uma coisa inusitada ver um mendigo soluçando daquele jeito. Um homem chorando já chamava atenção, ainda mais um choro convulsivo, alto e intenso, como aquele... Assim, quando Alberto se deu conta, formara-se um pequeno círculo curioso a sua volta: era um louco, talvez? Seria perigoso? O que se poderia fazer?

Ao se dar conta da situação, levantou-se de chofre. As lágrimas secaram, os soluços sumiram. Ficou parado, silencioso. Rostos curiosos o fitavam. Um a um, encarou-os devagar. O que temiam? O que queriam dele? Por que não o deixavam em paz? Será que não sabiam? Ele era o Alberto, engenheiro, graduado, honesto, trabalhador, pai de família, cumpridor de seus deveres... Queria gritar-lhes isso, mas sentia a voz travada pelo ódio, pelo pranto, pela vergonha.

Assustadas pelo olhar alucinado que lhes lançava, algumas pessoas foram instintivamente recuando. Outras, recomeçaram a caminhar, voltando-se, com frequência, para trás, com medo de serem seguidas ou agredidas — quem sabe? — por ele.

Até que todas se foram. Alberto ficou sozinho de novo.

Recomeçou a andar. Uma ideia louca passava-lhe pela cabeça. A revolta, a desesperança, as perdas sucessivas culminando com o roubo da maleta, a forma como aceitara tudo, meio passivo, a depressão em que se encontrava desde a partida de Ana com as crianças, todos esses sentimentos uniam-se, transformando-se agora numa genuína ira. Um desejo de vingança contra tudo e contra todos fazia-lhe o coração saltar no peito como um pássaro enjaulado e enfurecido. Poderia, naquele momento, facilmente ter agarrado qualquer uma daquelas pessoas e apertado seu pescoço até estrangulá-la. Sabia que teria sido capaz. Sentia que teria gostado disso. Apagar aqueles sorrisos escarninhos e insensíveis dos lábios de cada um. Mas era só um devaneio: jamais fora talhado para a violência e a agressão. Sempre sensibilizara-se com os problemas dos amigos. Ajudara a todos que pudera. Não guardara rancor durante toda a vida. Quando alguém o passava para trás, como o Alípio, por exemplo, sentia raiva na hora, mas alguns dias depois tudo passara. Sempre fora assim. Não podia e não queria mudar. Achava justo ser como era. E, apesar de todo o horror dos últimos meses, sentia que sua alma se engrandecera. Todos os problemas por que estava passando tinham-lhe permitido ver o outro lado da moeda, sentir o podre da vida, viver como nunca pensara que alguém pudesse viver. Tornara-se menos apressado no julgar o próximo. Muitos dos seus conceitos anteriores haviam mudado. Conseguia enxergar, pela primeira vez, as dificuldades pelas quais o povo passava, anos e anos, décadas após décadas. Antes, julgava a tudo e a todos de forma precipitada, sem amor, sem compaixão, sem generosidade. Agora entendia que nem todos os pobres, os miseráveis eram, como pensava antes, vagabundos, pessoas que nada queriam com o trabalho. Sentira na carne o quanto a aparência podia determinar tudo. Fora humilhado, agredido, insultado por pessoas que tinham preconceitos os mais variados, de tal forma arraigados que não meditavam sobre eles, repetindo-os mecanicamente e vivendo do modo que tal ideologia lhes ditava.

 Lembrou-se de Liliane, do seu desprendimento, do seu amor pelo próximo. Sem perceber, anoitecera. Passara horas e horas perambulando, pensando, odiando, acalmando-se. Deu por si à porta da lanchonete que seus filhos mais amavam — o McDonald's. Alguns mendigos ali estavam em atitude de espera silenciosa. Eram dez e trinta da noite, quando uma porta lateral foi aberta. Dois funcionários sairam carregando enormes latões de lixo. Depois, um terceiro apareceu e fez um sinal quase imperceptível. Logo, todos se aproximaram. Ninguém falava. Havia um silêncio opressivo e também um sentimento quase palpável de ansiedade. O homem destapou uma grande bandeja e começou a distribuir. Eram sanduíches e outros alimentos que não tinham sido consumidos pela clientela. Quase sem perceber, estava também na fila. Ansioso. Recebeu um *big-mac* e uma torta de maçã.

Ficou incrédulo por um momento. O perfume quente que exalava dos dois embrulhos de papel impermeável era inebriante. Há muito tempo não comia algo assim. Começou a desembrulhar o sanduíche. Deu a primeira mordida. Delicioso, divino. De repente, porém, parou.

Deu meia volta e caminhou apressado, sem parar, até chegar à conhecida marquise, na calçada da Avenida Nossa Senhora de Copacabana. Já de longe vislumbrou as meninas. Assim que o viram começaram a saltitar, comemorando sua chegada. Seu coração apertou-se. Merecia ele esse sentimento? Apressou o passo e, ao aproximar-se delas, partiu o sanduíche ao meio e entregou parte a cada uma. Elas sorriram-lhe alegres. Sentaram-se imediatamente na pedra fria da calçada e, em segundos, o devoraram com apetite e voracidade.

Muito sem jeito, sem falar uma palavra, encabulado, Alberto aproximou-se de Liliane e estendeu-lhe a torta. Ela olhou-o incrédula. Para mim?, seu olhar indagava. Com um gesto imperceptível de cabeça, ele anuiu ao mesmo tempo em que se dirigiu ao meio-fio e sentou-se. O estômago doía de fome.

Segundos depois, sentiu sua presença branda. Levantou o olhar. Ela estendia-lhe metade da torta. Lágrimas nos olhos, um sorriso torto nos lábios. O espaço vazio do dente perdido ressaltado. Alberto pegou. Ela sentou-se a seu lado. Comeram juntos.

Alberto estabeleceu, como rotina, buscar comida na lanchonete. Sentia que tinha o dever de colaborar de alguma forma, de retribuir a essas três pessoas, as únicas que, nos últimos tempos, tinham-no visto e tratado com humanidade. Nem sempre tinha sucesso nessa empreitada. Dependia de muita coisa. A cada dia, parecia que o número de pedintes era maior. Isto já dificultava as coisas. Por vezes, fechavam um pouco mais cedo, outras tantas sobrava muito pouca coisa e somente os primeiros da fila eram contemplados. Às vezes, conversava com um e outro, curioso de saber de suas vidas. Em outras ocasiões, escutava-lhes a conversa e foi assim que ficou sabendo de outros lugares onde distribuíam sobras do dia aos mendigos. Uma noite, conseguiu numa churrascaria chique, no final de Copacabana, um bom pedaço de carne. A peça fora devolvida por um cliente que não tolerava carne bem-passada e, a bem da verdade, aquela já passara há muito do ponto. Estava um tanto queimada. Deram-lhe também restos de batata frita e um arroz misturado com pedacinhos de ovo mexido, coentro e cebolinha. A quantidade era boa, mais que suficiente para três adultos. Era um verdadeiro banquete, ia pensando, enquanto caminhava, apressado, para a marquise — sua casa, agora. O embrulho nas mãos, um verdadeiro tesouro, seguro com cuidado. Era uma carga preciosa. Pensava na alegria das meninas. Liliane daria um jeito naquele queimado, pensou confiante. Cortaria, tiraria uma capa fina e o interior parecia estar ótimo. Seria uma noite gloriosa.

Foi mesmo um banquete. Como previra, Liliane sorriu-lhe e, sem mais nada falar, ajeitou como pôde a comida. As crianças pulavam, antecipando o prazer, enquanto aguardavam. Ela esquentou o arroz e a batata, dividiu em pedaços a carne com a faca sem cabo e meio cega e depois serviu a todos. Comeram gulosamente. Mais tarde, foram passear na areia da praia. Alberto lembrou de outros passeios, muito semelhantes, ano atrás, com a sua família. Quem os visse agora pensaria mesmo tratar-se de uma família. Pai, mãe, as duas filhas... Estava uma noite meio fria do suave inverno carioca. A brisa do mar, mesmo um tanto gelada, era-lhes, ainda assim, agradável. Mergulharam e nadaram nas águas mansas do Posto 6. Livres, descontraídos, senhores do universo. Brincaram na areia. As meninas fizeram castelos, ele ajudou-as a construir um dique. Como fazia com seus filhos. Por um momento, esquecido de tudo, moldou um belo castelo, na areia. Ele era bom nessas coisas. Tinha habilidades manuais. Ficara lindo e as três aprovaram de forma calorosa. Depois, foram até o posto de gasolina mais próximo, vazio àquela hora, e lavaram-se com o regador que servia para limpar os pára-brisas dos carros. Ninguém os incomodou, tudo foi perfeito.

Voltaram para casa caminhando, sem pressa, pelo calçadão. O mesmo que presenciara sua humilhação e ódio algumas semanas atrás. Lília e Lilian iam à frente, saltitando. Brincavam, justo como seus meninos faziam, de pisar só nos desenhos pretos pulando os brancos: as ondas de pedra portuguesa das calçadas de Copacabana serviam-lhes de brinquedo. Como a qualquer criança.

As meninas dormiram de imediato. Estavam cansadas, felizes.

Pouco depois, o tempo começou a mudar. A temperatura caiu e nuvens pesadas surgiram no céu, trazidas por um vento frio, vindo do mar, arrepiando-lhes a pele. Liliane cobriu as filhas com a manta, mas elas, saciadas, continuavam a dormir, sonhando, sorrindo... Ventos fortes sopravam, levantando poeira e papéis que as pessoas insistiam em jogar no chão, aos pés das latas de lixo. Era uma sensação desagradável e, instintivamente, eles recuaram até o fundo da marquise, onde confluíam o muro e a parede da loja de calçados, formando uma quina mais protegida. Alberto ajudou Liliane a trazer as crianças que nada faria despertarem. Depois, ajeitou-se também ele para dormir.

Chovia sem parar, a ventania era impiedosa. A mudança brusca do tempo deixara Alberto meio desperto, com dificuldade de aprofundar o sono. A noite tornara-se assustadora.

Outras pessoas, desgraçadas como eles, começaram a chegar, aos poucos, devido ao mau tempo e ajeitavam-se como podiam no espaço que sobrava. Os mais afortunados, com pedaços de papelão de caixas de embalagens, forravam o chão. Outros contentavam-se com jornais velhos retirados das lixeiras ou cobriam-se com os trapos disponíveis. Alguns, dormiam no chão mesmo. Um velho vestiu um enorme saco plástico, desses de forrar lixeiras de prédios e deitou-se. No escuro, lembrava um defunto na sua mortalha. Velhos, jovens, crianças, todos tentavam encontrar um cantinho mais abrigado para dormir. Uns tossiam sem parar. Crianças choravam, importunadas por outras, mais velhas. Alguém tentou fazer uma fogueira com pedaços de jornal, papelão e pequenos gravetos que caíam das árvores, comuns nas ruas transversais à avenida. Mandaram um menino catar os pequenos galhos, mas como este voltara rápido devido ao frio e sem muito sucesso, um rapaz encheu-o de tapas. Todos assistiram à cena, ninguém porém se intrometeu. O pequeno voltou à rua, soluçando, encolhido, retornando a seguir com a tarefa cumprida. Mas foi inútil. O vento apagava a chama e espalhava todo o contéudo da fracassada fogueira. Palavrões, imprecações encheram por instantes o ar. O tempo foi passando porém e, pouco a pouco, foram todos adormecendo, até que afinal fez-se total silêncio.

Alberto, meio adormecido, meio acordado, cismava constatando que não sentia mais tanto terror das noites, nem tinha mais o medo insano daquelas pessoas que o cercavam naquele momento. Rodeado de mendigos, bêbados e vagabundos sentia-se estranhamente calmo. Há algumas semanas, lembrava-se, tremia a cada vez que algum deles se aproximava. O próprio escurecer provocava-lhe arrepios e insegurança. Agora — compreendia — era, ele também, um habitante das ruas. Um igual entre outros iguais, que o reconheciam como tal e por isso mesmo o aceitavam. Decorridos meses, aprendera a dormir no chão, a conseguir comida, a se virar. Surpreendente era que, apesar de tudo, ia vivendo. Seguia a rotina que se estabelecera, como quando tinha uma casa confortável, um trabalho decente, com sua sala, secretária para fazer-lhe as ligações.

Coisas incríveis de compreender aconteciam com as pessoas. A vontade de continuar, por exemplo. O instinto de sobrevivência, que o empurrava adiante. Percebia que já estivera, do ponto de vista emocional, por incrível que pudesse parecer, em piores condições do que agora: logo que Ana partira com as crianças, tinha perdido a vontade de lutar, de viver. Sentira-se derrotado e ficara ensimesmado, paralisado, deixando o tempo passar, esperando, esperando... Por isso perdera o que lhe restava. Agora, em contrapartida, quando nada mais possuía além do próprio corpo, seguia adiante. Cada dia era uma luta para comer, banhar-se, manter-se vivo. E ele lutava. Não sabia por quê, mas lutava. Não pensava em morte, vivia suspenso no ar, como se uma pausa em sua verdadeira vida estivesse ocorrendo. Uma pausa provisória. Abrigava, íntima e inconscientemente, a fantasia, para ele uma certeza, de que em algum momento sua vida retornaria ao normal. Tudo como antes.

Assustou-se quando, às suas costas, algo moveu a coberta. Uma figura na escuridão, silenciosa e ágil. Despertado de forma brusca dos profundos pensamentos em que estava absorto, sentiu-se gelar. Todos os medos não confessados, as coisas que já ouvira e mesmo vira acontecer nesses tempos de sem-teto, voltaram-lhe à consciência. Num átimo passou-lhe também na memória o assalto, o espancamento brutal, todo o sofrimento que se seguira. Como um raio virou-se, pronto a defender-se da pior das humilhações, do seu pavor mais secreto, do terror que, nas primeiras noites ao relento, impedira-lhe seguidamente de dormir, descansar... Em fração de segundo, voltou-se, coberto de frio suor, a adrenalina a arrebentar-lhe o coração. Mas não era nada do que lhe atormentava o inconsciente. Era coisa jamais pensada: Liliane, doce, tímida, respiração trêmula, olhar febril e temeroso, mas determinado, aconchegando-se a ele, devagar, com doçura, aninhando-se, um medo e uma interrogação no jeito de se mexer e aproximar, arfante mas suave, temendo o que toda mulher mais teme: a rejeição.

Por longos minutos Alberto permaneceu imóvel, hirto, incrédulo. Sentia as mãos de Liliane movimentando-se pelas suas costas, suave e doce. Seus músculos estavam retesados como um arco. Seria verdade? Sim. Era verdade, porque em seguida sentiu os lábios carnudos colarem-se à sua pele, com carinho e, sem sombra de dúvida, com amor. Repetidos beijos percorreram lentamente cada centímetro de suas espáduas, costelas, braços, provocando-lhe, a contragosto, um intenso prazer. Um corpo despido grudando no seu. Seria possível? Não, ele não estava enganado. Certas coisas um homem não esquece nunca — basta provar a primeira vez... O toque inconfundível dos seios nas suas costas... pequenos, magros seios, cujo toque lhe era — custoso admitir — de alguma forma prazeroso.

Permaneceu imóvel. Primeiro impulso — fugir, empurrá-la para longe, com raiva, quase com selvageria. Afinal, o que ela estava pensando? Quem ela pensava que era? Ele era Alberto, o engenheiro, homem de cultura, de outro nível. Jamais poderia se misturar com uma pessoa como ela. Fora mesmo uma audácia, um atrevimento inominável, ela pensar que ele... que ele... O toque de algodão daqueles pelos, roçando sua cintura. Quentes, macios... Totalmente despida, movendo-se com calma, sem pressa, quase imperceptivelmente, ritmadamente. As mãos, ah que mãos!, quanta sabedoria. Passaram-se minutos e mais minutos. Alberto não estava mais ali. Apenas um homem. Ávido, carente, sem amor há tantos meses. Arrasado pela vida, abandonado por todos, esquecido. Um ser que sumira e não fizera nenhuma falta. Ninguém o procurara, ninguém o quisera. Mas ali, naquele instante, através daquela mulher negra, suja, desdentada, fedida, o amor tornara-se novamente possível, presente. Humanizando-o. Restaurando-o para a vida e a luta por um lugar ao sol.

Antes que pudesse dar-se conta, virara-se para ela, procurando desesperado sua boca, seu corpo, seu carinho, seu retorno à crença na raça humana. Sem amor estivera por um ano. E só agora naquela entrega total, íntegra, decidida de Liliane, Alberto pôde se ver outra vez como um ser digno.

Foi um amor desesperado. Pernas, braços, rostos, bocas, enroscaram-se frenéticos. Pela primeira vez, tocou por inteiro uma mulher, sem preconceitos. Queria fazê-la feliz, realizá-la. Recompensá-la pelo que lhe dera todos aqueles meses. Foi terno, selvagem, carinhoso, audacioso. Após a primeira explosão, que ocorreu de forma intensa e muito rápida, ele não parou como sempre fizera. Ignorou o relaxamento que sempre se lhe seguia ao orgasmo, levando-o a um sono imediato e profundo. Não — era preciso, era imprescindível que ela gozasse, que sentisse muito, muito prazer. As mãos experientes e sábias de Liliane guiavam-no sem pressa, mas com decisão. E assim, ao final de alguns minutos mais, ela também encontrou o êxtase, gemendo e falando baixinho, palavras desconexas, sem significado, mas cheias de vida e significação.

A chuva ainda caía forte quando, após repetidas vezes, o amor cedeu lugar à completa exaustão, levando-o a um sono profundo e sem sonhos.

Capítulo XVIII

Alberto acordou muito tarde na manhã seguinte e encontrou Liliane entregue a seus afazeres de dona de casa. Numa lata enferrujada, lavava os trapos que eram os vestidos das meninas, enquanto uma outra, que fazia a vez de panela, já estava com os poucos alimentos que ela havia conseguido naquela manhã, à guisa de primeira refeição. Uma estranha papa composta de água, pedaços de pão dormido, açúcar e um pouco de leite cozinhava lentamente para transformar-se numa espécie de mingau que os quatro comeriam, com satisfação, tivesse o gosto que tivesse.

Já deviam ser perto de onze horas quando Alberto, vacilante e indeciso, levantou-se do seu canto. Ao acordar, teve a impressão de que tudo fora um sonho. Aliás, desejou que tudo tivesse sido um sonho. Mas o cheiro que emanava de seu corpo não lhe deixava margem a dúvidas: estivera toda a noite com ela, rodopiando enlouquecido na esteira bolorenta, amante sôfrego. Ele a beijara, acariciara, amara. Possuíra e se deixara possuir. Inteiro. De corpo e alma. Sinceramente. Naquela mágica noite, ela deixara de ser a mulher indigente das ruas do Rio de Janeiro para transformar-se no que, de verdade, era: o melhor ser humano que ele já encontrara, que o amara do jeito que ele era, do modo em que se encontrava. Sem nada pedir, sem nada esperar. Apenas aquela presença constante, os cuidados amorosos, os gestos denunciando o sentimento. Ele a achara a mais bela das mulheres, a mais sensual e voluptuosa que jamais tivera. Não lhe percebera o hálito, os cheiros, a falta de higiene e de dentes, a carapinha desgrenhada, nada. Durante algumas horas os dois haviam sido transportados para algum lugar em que apenas eram um homem e uma mulher, conscientes de suas necessidades, carências e afeto mútuo. Um lugar onde não existia preconceito, onde a aparência não contava, onde as pessoas eram íntegras, verdadeiras, iguais.

Então era verdade — reconheceu Alberto afinal. Eles tinham passado juntos a noite. Inconcebível, vergonhoso. Maravilhoso, divino. Abominável. Num turbilhão de sentimentos, temia encarar-se e encará-la. Como seria agora? O que esperaria dele Liliane? Um beijo de bom-dia, sinais da intimidade recém-vivida? Começaria a agir como se fossem um casal? E eram?, perguntava-se. E ele? O que queria? Não sabia, mas sentia nojo do próprio corpo, do cheiro forte do corpo de Liliane no seu, misturado ao suor e ao odor da roupa muito usada. A cabeça começou a girar. Sentiu-se tonto e, para seu desespero, vomitou escandalosamente na calçada. Uma náusea incontrolável e um tremor forte tomaram conta do seu corpo debilitado. Precisou sentar-se, odiando a sua fraqueza e odiando a todos que o olhavam de soslaio. Odiou os que passavam e se desviavam enojados. Odiou os que o olhavam com piedade, aquela piedade que em nada ajuda, só aos próprios piedosos que se sentem tão "humanos e solidários". Odiou os outros mendigos da marquise, seus vizinhos, que faziam gracejos maldosos sobre o jantar divino que ele trouxera, orgulhoso, na véspera... Odiou a si, ao mundo, a tudo...

Foi quando viu Liliane aproximar-se. Ficou paralisado, assustado como uma criança. Sabia que a rejeitaria. Com violência — se ela o tocasse. Mas, para sua surpresa, ela nem o olhou. Com um recipiente cheio d'água que trazia nos braços magros, porém fortes, enviou para longe, com vigor, a sua *vergonha*. Assim ela foi e voltou várias vezes até que tudo estivesse livre e limpo. Alberto amou-a e odiou-a. Temia cada gesto que ela fazia, esperando vê-la aproximar-se a cada momento, íntima, para conversar ou tratar da vida.

Mas nada disso aconteceu. Nem nesse dia, nem nos demais. Ela continuou a agir como sempre fizera desde o primeiro encontro. Levava-lhe comida, cuidava da única muda de roupa que conservava após o roubo da mala. Aceitava sem titubear o que ele conseguia trazer para alimentá-los e dividia o que comprava com a venda de chicletes e as esmolas que davam às meninas. Ficavam juntos dia e noite, ele sentia-lhe o olhar vivo e amoroso seguindo-o todos os momentos, porém não eram íntimos e quem os via não lhes adivinhava nenhuma relação. À noite, porém, a coisa mudava de figura. Tarde, bem tarde, quando parecia que ninguém mais no mundo todo estaria acordado, ela se esgueirava, sorrateira, para bem junto dele, silenciosa, muda, sem qualquer ruído. E aí, eles se transportavam para aquele lugar em que a felicidade era plena, sem fronteiras, nem barreiras. Sexualmente, o encontro entre os dois era perfeito e completo. Como nunca havia sido com Ana — ele era forçado a admitir. Nem de longe ele antes se sentira assim. De Liliane recebia amor, mas também a fazia feliz e muito. Livre sexualmente, senhora de seu corpo, dava e exigia reciprocidade no prazer. Sentia isso com clareza. E gostava.

Liliane percebera, em sua extrema sensibilidade, que o que sentiam não podia aparecer à luz do dia. Alberto não suportaria a visão da realidade. Sofrida, madura, tranquila, aceitara o que ele podia lhe dar. Vivia daqueles momentos bons à noite, em que não tinham rostos, nem corpos gastos. Só essência, só sentimentos, só amor. À luz do sol, ele era mais um infeliz como ela, que precisava comer, lutar para viver mais um dia. E solidariedade era o seu forte. Já fizera isso por muitas outras pessoas, por que não por ele? Ela o amara desde o primeiro dia em que o encontrara lutando desesperado — um Davi contra Golias, mas um Davi condenado ao fracasso —, patético, sem chances, pela posse da sua maleta. Ela o amara quando o arrastara desacordado para o cantinho onde morava com as filhas. Ela o amara e cuidara, sentindo porém que ele era um moço fino, as mãos eram bem-tratadas, a pele suave, a roupa conservava certo cuidado e dignidade. Ele não era, com certeza, um filho das ruas. Era um decaído como dezenas de outros que empobreceram com a recessão e o desemprego dos últimos anos, adivinhara com facilidade. Já ela não, era experiente. Sempre vivera nas ruas. Só em pequena morara num barraco com a mãe e o padrasto, onde apanhara muito e sempre. De um e de outro, que viviam bêbados. Depois, bem depois, ela crescera um pouco, botara seios até que bonitinhos, arredondaram-se-lhe os quadris e aí é que tudo piorara. O padrasto começara a boliná-la, cada vez com mais audácia. E, para seu desespero, a completa cegueira da mãe a levara ao que ela mais temia. Estuprada, engravidara. Grávida, a mãe botara-a na rua, para ela não envenenar uma relação tão boa como a que tinha com o marido. E assim, nascera Lília. Depois, uma noite na rua um moleque lhe fizera Lilian. Apanhou muito tentando defender-se e, assim, foram-se-lhe os dentes da frente. Mas ficaram as crianças. E ela se apaixonara pelas filhas tão pequenas e bonitinhas. Pela primeira vez na vida, dava amor e era correspondida. Suas meninas a enchiam de carinhos e afeto. Sentia-se plena com elas. Sua vida passou a ser o cuidado com as meninas, a alimentação, a saúde. Vivia no Hospital de Ipanema, os médicos já a conheciam. Cuidaram muitas vezes das meninas.

As incontáveis necessidades das filhas no dia a dia não a deixaram pensar em mais nada desde então, e aí — de repente — elas já estavam com seis e quatro anos. Tanto tempo de vida na rua ensinou-a a conhecer de longe quem era ou não gente boa. E não se enganara nem uma vez ainda.

Alberto foi uma surpresa com que não contava. Gostou do seu jeito acuado, muito parecido com o dela quando se viu sozinha aos catorze anos, pela primeira vez dormindo na rua. Aprovou seu jeito educado, diferente das outras pessoas que conhecia e conhecera, o modo como dormia, assim meio pudico, a forma como cuidava da roupa, tentando preservar uma certa dignidade. Achava engraçado o esforço que fazia diariamente para encontrar um banheiro e lavar o rosto, endireitar com os dedos à guisa de pente os cabelos. Todos os dias ia ao posto de gasolina, quando já se podia levantar após o assalto, lavar os pés, o pescoço, as axilas. Ele até que nem fedia tanto como os outros. É, mas ele lutava muito para conseguir isso, Liliane sabia... Tão bonito...

Ele lia muito e bem. Ela achava tão lindo quem sabia ler bem... Todo dia, ela via, ele lia os jornais que achava no lixo ou parava junto às bancas e ficava procurando alguma coisa. Trabalho, ele lhe dissera, com secura, uma vez. Mas não adiantou, coitado... E ele era engenheiro, lhe contara. Que coisa fina! Um doutor... Nunca amara homem nenhum. Somente as filhas. Com ele, fora uma paixão à primeira vista. Algo com que ela nunca sonhara.

Portanto que mais querer? Intuía que ele teria vergonha de, em público, abraçá-la. Contentou-se então com a escuridão das noites. E, sabia, ele lhe ficara grato por isso.

Três meses mais transcorreram naquela rotina. De manhã eram dois seres que se acompanhavam, pelas necessidades e a solidão que a vida lhes impusera. À noite eram dois amantes como outros quaisquer, saciando a sede, o medo, o desamparo, o corpo e o coração.

Alberto sentia-se muito culpado com a duplicidade de sentimentos em relação à Liliane. Sentia-se abjeto, duplamente desprezível. Por usá-la e por esconder isso do mundo. Mas estava acima das suas forças eliminar de sua vida a única fonte de alegria, prazer e solidariedade de que dispunha no momento. Quando pensava nela como sua mulher, envergonhava-se, observando-a. Como podia ele? Como conseguia? Ela era muito, muito feia, suja, desgrenhada, esquálida. Ana, perto dela, era uma deusa. Já era bonita mesmo, mas ao lembrar-se ele estremecia. Seu cheiro, suas formas, sua carne macia, a pele sedosa, o bumbum maravilhoso, ah! E agora... ele rolando no chão infecto de uma calçada imunda com um mulher nojenta... Ele mesmo também imundo... Deus!

Seguia num dia a dia torturado, mas nada podia fazer para alterar a situação. Liliane, por sua vez, lhe parecia alheia, alienada de qualquer sentimento de rejeição, o que de certo modo contribuía para a continuidade da relação na forma que se estabelecera. Parecia tranquila. Deixava então que as coisas seguissem seu rumo. Continuavam na busca diária e estafante de comida e sobrevivência.

Quando a barriga de Liliane começou a mostrar-se, ainda que de leve, protuberante — naquela magreza qualquer volume parecia enorme —, Alberto achou estranho. Mais três meses transcorreram até que, com a gravidez visível, uma tarde, vendo-a caminhar em sua direção, de chofre a verdade se apresentou de forma inequívoca. Sentiu o choque — eles iam ter um filho! Santo Deus! Como ele era idiota, inconsequente, irresponsável. E cego!!! Deixara aquilo acontecer... Ele que, a cada barriguda que lhe passava pela frente, a cada mulher cheia de filhos mendigando pelas ruas ou nos sinais, dirigia, para quem quisesse ouvir, um sermão interminável sobre a falta de vergonha e a irresponsabilidade de, sob certas circunstâncias, se colocarem seres inocentes no mundo, sem qualquer possibilidade de vida decente, de sobrevida mesmo. Não, achava inadmissível. Com qualquer esmola podia-se comprar uma caixinha de pílulas, afirmava convicto. Não era tão caro assim, afinal. Ou então que não fizessem amor, ora! Sozinho, um sem-teto ainda podia se virar, mas com filhos... Um absurdo, uma total falta de responsabilidade, dizia com veemência. Quantas e quantas vezes fizera esse discurso? Não podia saber. E agora, ele, ele próprio, em carne e osso, ia ter um filho. Que tipo de loucura o acometera, impedindo-o sequer de aventar essa possibilidade? Seis meses de relacionamento e nenhuma hipótese a respeito lhe viera à mente. Camisinha era caro, muito caro, mas poderia, decerto, ter falado com ela, explicado, cuidado...

Não. Não fizera nada. Agarrara-se como um ensandecido à única migalha de afeto que lhe surgira pela frente e esquecera todo o resto. De que lhe servira todo o conhecimento, a racionalidade antes defendida com total insensibilidade e mesmo com arrogância, frente à total incapacidade do ser humano de fazer frente à miséria, à solidão completa, ao desamor? Novos conceitos — agora ele sabia.

Desesperado, não atinava o que fazer. Pensava que ela gostaria de uma demonstração de afeto, um cumprimento. Afinal, era o pai, não era? Mas só conseguia sentir-se muito irritado, como se dela fosse a culpa e de mais ninguém. Ademais eles nem ao menos conversavam. Comunicavam-se por monossílabos. Nunca trocavam mais que duas ou três palavras. Como então chegar-se, fingir uma alegria que não sentia, falar-lhe se nunca se falavam? Vivia enclausurado num mutismo quase absoluto. Temia envolver-se, entregar-se. Só quando tinham relações ele se revelava, procurando agradá-la, fazê-la realizar-se. Era uma tarefa a que se entregava sem ao menos perceber. Nesses momentos, ele era inteiro, verdadeiro. Mas cada manhã o trazia de volta à realidade que o enlouquecia — o engenheiro desempregado, o sem-teto Alberto, o mendigo inconformado e sua companheira mendiga: inconcebível, inaceitável.

Uma relação doente. Nascera de uma enfermidade social e assim se manteria para sempre. Dois seres que só podiam ser um do outro na situação esdrúxula em que se encontravam.

Não sentia coragem para propor-lhe um aborto, que era o que lhe parecia mais lógico. E onde fazer um aborto, com que dinheiro? Afinal, não era ilegal? E por que, raios, ela própria não pensava nisso?

Cada milímetro a mais nos quadris de Liliane produziam um efeito devastador na mente e no coração de Alberto. Por vezes sentia-se tão desesperado que pensava em matá-la e depois a si também. Mas não, ele jamais conseguiria. Não tinha ímpeto para tanto, embora por vezes desejasse, sonhasse, pedisse a Deus, que ela abortasse. Deus, algo tinha que acontecer!

Não, não podiam ter esse filho. Temia também que outros percebessem que ele era o pai e mantinha-se agora o mais distante possível dela. Não queria que os vissem juntos, nem próximos. Sentia-se um miserável agindo assim, mas era assim que queria agir. Queria fugir, sumir, mas não tinha coragem. Alguma coisa o ligava agora àquela mulher e não era apenas a barriga que carregava um filho seu, não. Era outra coisa que ele não sabia bem o que era, mas que valia muito. Não era amor certamente, era algo indecifrável. Ele ainda iria descobrir.

Essa gravidez era um castigo, uma provação para a qual não se sentia preparado. Parecia-lhe ser o preço da empáfia do passado recente, em que a todos criticava, a tudo condenava com tanta facilidade e superioridade.

Nada mais podia ser feito. A não ser conformar-se e esperar o nascimento do seu filho. Seu filho... Era mais um pesadelo — o pior desde que tudo começara.

Capítulo XIX

Quando os dois moleques vieram correndo, esbaforidos, falando muito e ao mesmo tempo, a princípio Alberto não entendeu. A urgência nas suas vozes e a forma ansiosa, porém, foram suficientes para que, em seguida, ele e todos os moradores da calçada percebessem que alguma coisa muito grave acontecera.

A morte de Lilian, atropelada por uma moto que avançara o sinal onde ela diariamente vendia seus chicletes, o corpo magrinho e frágil estendido na rua, as pessoas em volta, olhando, paradas, silenciosas. O motorista fugido. Tudo irreal, parecendo um filme de sequências rápidas, aqueles *thrillers* a que as pessoas costumam assistir com a respiração suspensa, meio em transe. Assim ele sentira, a cabeça girando, no esforço constante para não revelar os sentimentos, a respiração curta, ofegante, o coração acelerado.

Todos que a conheciam falavam ao mesmo tempo ou choravam. Afinal, a vida na rua não era tão diferente das outras. As pessoas acabavam vizinhas, só que não de apartamentos ou casas, mas da rua: eles eram vizinhos de rua. Pessoas que conversavam, trocavam ideias, algum mantimento e, por vezes, até uma certa solidariedade. Também permutavam insultos, agressões e fofocas. Alguns se evitavam. Tudo igual. Mas a meninazinha tão alegre, sempre saltitante, sorridente — dessa todos gostavam. Ela era viva, ágil e muito engraçada. Era divertimento para todos. Falava muito errado ainda aos quatro anos, mas falava muito. E era agradável ficar ouvindo aquela torrente incansável de bobagens. As pessoas se alegravam com ela. Com a sua inocência. Cantava as músicas da Xuxa e da Mara Maravilha, fazia coreografias para todos verem e aplaudirem. Via pela vitrine das lojas de eletrodomésticos. E aprendera fácil — os miseráveis também têm seus mitos. Também são fãs, também sonham com vidas glamourosas. Os aplausos eram muito importantes para ela, que os recebia como merecidos. E eram mesmo porque, sem perceber, as pessoas iam parando de falar e ficavam olhando, olhando... Aquelas bobagens todas que ela fazia, divertiam, distraíam, faziam crer em alguma coisa ainda. E agora ela se fora. De repente, sem mais...

A reação de Liliane o surpreendeu. Não soltou um *ai*, um gemido. Ficou sentada ao lado da filha morta, muito pálida. Os olhos perdidos em algum lugar desconhecido de todos. Fixos, olhando sem nada ver, a não ser o que lhe ia pela alma. Os lábios moviam-se repetindo, chamando seu nome tão querido, mas nem um som se ouvia, apenas aquela mímica ritmada, repetida, surda.

Quando deu por si, Alberto estava abraçado a ela, braço pousado nos ombros magros, agora encurvados pela dor. Nem saberia dizer há quanto tempo estava ali, apoiando-a, dizendo coisas que jamais acreditaria dizer-lhe, palavras de carinho e reconforto.

E assim foi dali por diante. Nos tempos que se seguiram à tragédia, ele se viu assumindo os cuidados que antes ela lhe dedicara de forma espontânea e que lhe salvara a vida. Procurava alimentá-la, convencê-la a comer, a se cuidar e a cuidar de Lília, que afinal estava viva embora quase tão machucada quanto a mãe. Teve, então, ele mesmo que assumir os cuidados com as duas. Todo seu objetivo de vida agora resumia-se em mantê-las vivas, em arrancá-las do torpor, da desilusão, da dor da tragédia, da consumição, da descrença e da depressão.

Tinha todo o tempo ocupado. Era pai e mãe das duas. À noite passava-a acordado com Liliane, acompanhando-a nas longas insônias que agora a dominavam. Via-a deitar-se muito tarde, olhos parados, olhando para o nada, quase sem piscar. Horas a fio. As horas se passavam e o dia começava a clarear quando então ela afinal adormecia por alguns momentos. Parecia estar sempre à espreita, à espera de alguma coisa que somente ela sabia o que era. Alberto deixava-se ficar ao seu lado, sem nada fazer a não ser um carinho ocasional, carinho de amigo, de companheiro.

Não que a amasse. Longe disso. E ele o sabia. Mas ela era a única coisa viva que ainda importava e que se importava com ele. Sentia-se grato por ter a oportunidade de manifestar sua solidariedade, como ela já o fizera anteriormente. Não mais mantinham relações. A morte da menina levara-lhe a alma. Mas amor, amor mesmo, como o unira à Ana — não, isso, com certeza, ele não tinha por ela. Liliane era sua ligação com o mundo, seu último elo com a humanidade. Talvez ele próprio não soubesse disso, mas intuía.

Assim já se tinham decorrido mais dois meses. Às vezes se perguntava quando havia começado a sua descida. Outras, se interrogava: poderia ainda descer mais? Acreditava que não. Sem casa, sem família, sem emprego, sujo, mal alimentado, amante de uma mendiga asquerosa e desdentada a quem tratava, a despeito da aparência, com carinho... Não, nada de pior poderia acontecer mais.

Por vezes ainda tentava conseguir um bico. Não, emprego, não. Que não era louco. Sabia que não tinha mais condições. Talvez como faxineiro num prédio ainda pudesse tentar de novo. Mais do que isso, nunca. Não tinha roupas, era um ser agora esquálido, perdera dois dentes bem no centro da boca, dois incisivos. Quem o empregaria? Não tinha mais documentos. Era ninguém. Vivia fugindo da polícia, dos outros mendigos — alguns eram muito agressivos —, dos drogados que pelas madrugadas zanzavam pelas ruas. Não dava tempo para mais nada, só para sobreviver. Viver cada dia significava não morrer. Significava apenas arranjar um pouco de comida para si e, agora, para as duas.

Capítulo XX

A cada dia perambulava por bares, portarias de prédios, boates, lá pelo Posto 2, à procura de uma faxina qualquer, de papel velho para catar, garrafas, pedaços de madeira, jornal. Tudo que conseguia, e não era sempre que conseguia, levava para um cara que tinham lhe indicado — ele comprava quilos e quilos de jornal, latinhas de refrigerantes, caixas de papelão por umas poucas moedas. Havia uma surpreendente e nunca suspeitada rede de informações entre os moradores das ruas. Alguns acabavam se conhecendo, de tanto se esbarrarem noite após noite. Mas o tal homem era mal-encarado. Todos o temiam. Transpirava perigo, ameaça. Ficava sentado, paradão, à espera, sempre numa pequena praça, na descida da Ladeira do Leme, sob uma árvore. Dava medo até olhá-lo. As senhoras atravessavam a rua sempre que o viam. Mesmo os homens, instintivamente, apressavam o passo. No corpanzil fortíssimo, banha em profusão, um peito peludo. Uma figura ameaçadora. Não falava. Grunhia. Pegava o que Alberto, trêmulo, e outros traziam, avaliava aleatoriamente e aí dava um ou dois cruzeiros. Se se conseguia uma torneira velha ou pedaços de madeira, aí dava um pouco mais. Garrafas e latas também eram mais bem remuneradas. Nos dias bons Alberto passava oito, dez horas fuçando lixeira por lixeira, para, ao final, conseguir cinco ou dez cruzeiros. Mas todos ficavam até felizes com isso. O Gordo tinha um verdadeiro miniexército de catadores não oficiais trabalhando para ele. A concorrência era muito grande. E não se podia simplesmente ir chegando e entrando na área de outros catadores. Já tinham até matado um que se aventurara a enfrentar e lutar pelo ponto do Marechal, outro dos mais antigos catadores de lixo do bairro. De modo que Alberto e os outros tinham que procurar lixo em lugares sem dono, o que os obrigava a andar, por vezes, vários quilômetros para conseguir algo. E ficavam felizes por terem comprador certo para o que arrumassem.

Quando conseguia lavar uma calçada para um porteiro que já o conhecia, ganhava uns trocados. Seu Antonio era um velhinho simpático, cheio de artrite. Por isso, não gostava de faxinar a calçada ou lavar as escadas. Era um esforço muito grande na sua idade. Mas se não deixasse tudo limpinho ia para o olho da rua e aí, quando o síndico não estava, ele deixava Alberto fazer o serviço por uma cerveja, ou um trocadinho qualquer. Mas ele preferia isso a mendigar, a pedir dinheiro pelas ruas. Não, isso ele não faria jamais.

Se não conseguia nem uma coisa nem outra, ia para as portas dos restaurantes pegar os restos de comida do dia. Alguns se preocupavam em dar. Outros, não queriam nem saber. Tinha-se que remexer na lixeira mesmo. Um ou outro servente trazia as sobras numa embalagem qualquer, num saco plástico, num papel e cuidava para não jogar no lixo. Ficavam olhando e se avistassem um miserável das ruas chamavam e davam a comida, ainda não emporcalhada de todo, para que comessem com um pouco mais de dignidade. Quando não viam ninguém, deixavam embrulhadinho ao lado da lixeira.

Retirar do lixo era a pior das situações. Insetos nojentos, cheiro horroroso... Assim como havia esse tipo de pessoa, com um mínimo de sensibilidade, havia também os infernais. Pareciam ter prazer em despejar os restos de comida, bem à frente deles, espalhando bem, para dificultar ao máximo ou até impossibilitar-lhes a tarefa.

É, agora Alberto podia dizer que conhecia, de verdade, os vários tipos de pessoas...

Foi numa dessas noites em que esperava à porta de um restaurante até bem famoso na Avenida Atlântica, restaurante que ele já frequentara com Ana, inacreditável pensar nisso hoje: ela adorava frutos do mar e então, às vezes, nos aniversários saíam para jantar fora. A comida era boa e farta, sempre muito fresca e de qualidade, e não muito cara. Ela se deliciava com a sopa Leão Veloso, prato famoso, bem preparado pela casa. Alberto relembrava, de repente transportado, sorriso nos lábios, a cena em que Ana, cheia de vida, exuberante, entrara no restaurante feito criança, antecipando o prazer do prato que iria saborear... Passara, voluptuosa, corpo bonito, redondo, cheio de curvas, num vestido florido, tomara que caia, por entre as mesas, procurando uma que lhe agradasse... Só agora atentava para quantos olhares masculinos a acompanharam... E ele, bobo, na época nem percebia. Ou nem se importava? Para falar a verdade, verdade verdadeira mesmo — recordou — quase nem mesmo elogiava a mulher. E ela sempre se arrumava bem. Mesmo quando não tinham muito dinheiro, dava um jeitinho de combinar roupas já bem usadas de forma a que parecessem outras... É, ela sempre fora muito charmosa.

Despertou do devaneio ao perceber movimento na porta. Com certeza, já estavam trazendo o lixo. Afinal eram quase quatro da manhã... O estômago falou mais alto. Estava morto de fome. Aproximou-se com movimentos rápidos, com medo de que outro lhe passasse a frente ou de que jogassem tudo dentro do lixo. Não podia perder a chance. Não comera nada o dia todo. Madrugada ainda engolira um pãozinho dormido com café ralo. Assim, caminhando precipitadamente, não percebeu que quem saía não era o servente, nem um dos garçons com os restos de comida. Era sim, um cliente muito bem-vestido, acompanhado da mulher, toda charme e perfume... Andando assim, de forma tão rápida em sua direção, eles por instinto recuaram, assustados. Um assalto, meu Deus, um assalto! De fato, do jeito que Alberto caminhava ligeiro, meio sôfrego, direto e decidido na direção deles, àquela hora, um sujeito tão maltrapilho...

Alberto não percebeu de imediato que a reação do casal era dirigida a ele. Afinal, não era um marginal — não se via como um marginal. Ele era um homem de bem, jogado numa situação absurda, surreal, mas era bom, incapaz de fazer mal a alguém... Já bem próximo deles, o coração desgovernado, entre feliz e incrédulo, percebeu que o cliente chique era Álvaro, seu antigo companheiro na firma de engenharia. Que maravilha!... Afinal, alguém conhecido! Talvez ele pudesse ajudá-lo. Com certeza faria alguma coisa, qualquer coisa, qualquer ajuda servia, quem sabe poderiam rever os tempos passados, ele certamente lembraria de tanta ajuda que lhe dera...

Chamou-o pelo nome, feliz, esquecido de tudo. Mas a mulher já estava gritando apavorada e o Álvaro postara-se a sua frente, para protegê-la. O segurança, atraído pelo alvoroço, já estava a postos. Antes que Alberto pudesse repetir, chamar, mais uma vez o amigo pelo nome, fazer-se compreender, antes mesmo que pudesse digerir o que se passava, uma coronhada do revólver e dois violentos pontapés derrubaram-no no chão.

Sem conseguir sequer reagir ou falar, Alberto rolou pela calçada, várias e várias vezes, até ficar a salvo dos pés do brutamontes, que ainda o perseguia. Levantou-se, voando, puro instinto de sobrevivência. Cambaleante. Incrédulo com o que lhe acontecia, ainda olhou para trás, um pequeno resto de esperança no olhar. Teria, por fim, o amigo o reconhecido? Sim, se o reconhecesse tudo ficaria esclarecido e o lamentável engano seria desfeito. Com toda a confusão, provavelmente, ele teria sido olhado com mais atenção. Mas Álvaro não o reconhecera. Aliás, entendeu Alberto, Álvaro nem o enxergara. Vira sim, um indigente, um mendigo, um marginal prestes a atacá-lo.

E agora, já estavam a salvo, dentro do carro — acelerando, fugindo, provavelmente comentando a sorte que tiveram evitando um roubo, uma agressão ou coisa pior. Aliás, registrou Alberto, um carrão do ano, que modelo seria aquele? Importado? Alberto nem sabia mais... Sim, estavam a salvo dele, felizes, comemorando sua boa sorte — a salvo logo dele, seu melhor amigo, que tantas vezes o ajudara, ele que nunca lhe faria mal...

De novo o choro violento, incontido, abominado mas incontrolável... Chorando, sofrendo, corpo contorcido de vergonha e aviltamento, Alberto empreendeu a longa caminhada noturna até o seu cantinho lá no meio de Copacabana... O sangue escorrendo da cabeça não o incomodava, na verdade não sentia nada. Nem fome. Nada. Só humilhação. As costelas, laceradas pelo solado duro do sapato, talvez fraturadas, também não emitiam sinais de vida. O sofrimento maior, o verdadeiro, o impagável, inesquecível, estava dentro do peito e escorria-lhe líquido, salgado, pelo rosto.

Ninguém o via, ninguém o enxergava mais. Ele era Alberto, o engenheiro, trabalhador, honesto, cumpridor. Mas ninguém, ninguém o enxergava. Ninguém.

Afinal, chegou. Uma hora caminhando, caindo, levantando, mas chegou. Caiu num canto, sem ver nada nem ninguém. Felizmente todos dormiam. Ninguém ligou para ele, ninguém o viu chegar. E assim, aos poucos, entorpecido pela dor e pela vergonha, Alberto viu clarear mais um dia.

Nos dias que se seguiram e em todos os outros Alberto tornara-se um novo ser. Renascera pelo ódio. Sentia a dor nas costelas, forte. E mais forte tornava-se o rancor, sentimento novo, desconhecido. Mas que lhe dava forças e por isso era bem-vindo. O olhar modificara-se. Um brilho novo, amargo, perigoso, lhe surgira. Não procurou Liliane, nem a menina. Não se lembrava mais que estavam prestes a ter um filho. Não o incomodava mais a dor de Liliane, sua depressão, a perda da filha. Quando ela aconchegara-se a ele na noite seguinte, como fazia sempre — ele, com brutalidade, dera-lhe um safanão, empurrando-a para longe. Ela caíra, pesada que estava, mas ele nem ligara. Assim como não percebera seu olhar interrogativo, assustado. Também não sentiu sua falta quando ela não o procurou mais no cantinho deles na calçada. Nem nessa, nem nas outras noites.

Mergulhou num turbilhão de sentimentos contraditórios que o tumultuavam e enlouqueciam. A rejeição, o nojo e medo que percebera em Álvaro, o desprezo e descaso de todos para com ele eram-lhe intoleráveis — Jesus, o amigo nem mesmo o olhara como se olha gente, por isso não o reconhecera, não lhe dera uma chance, uma mínima chance sequer... como se ele fosse menos que nada, um inimigo, um animal atacando, outro se defendendo...

Mais que a miséria e a armadilha em que se encontrava naquele momento, sofria pela insensibilidade, o preconceito com que era tratado por todos. Ninguém via nele o indivíduo gentil, amistoso, não agressivo que sempre fora, sempre, por toda a vida. Sabia que fora uma pessoa rígida e inflexível no julgar os outros. Duro. Mas sempre fora honesto, trabalhador, digno. Compreendia que isso de nada lhe servia no momento. Só o que contava era a aparência, o exterior. E o seu exterior era repugnante.

Dilacerava-o e enlouquecia pensar no envolvimento com Liliane, nas noites de sexo e carinho, na barriga que carregava o seu filho, prestes a nascer. Como se deixara decair tanto? Percebia-se numa rampa, na qual derrapara com velocidade cada vez maior e que o levara de forma irresistível, com força, para baixo, cada vez mais para baixo. Estava preso numa rede da qual, sentia, seria impossível, praticamente impossível, escapar. A única chance era tentar o caminho de volta. Subir, outra vez, os degraus que saltara em direção ao fundo do poço. Precisava reerguer-se, sair dali, romper com os vínculos loucos que criara. Voltar à condição que era a sua verdadeira.

Que diabo! Liliane que se danasse. Não a amava, não a queria. Negra fedida! Ele tinha Ana, ela sim era sua mulher. Linda e cheirosa. Como ele — engenheiro, pai de família. Tinha carro, roupas boas, um apartamento arrumadinho e tudo. Ele ia encontrar Ana. Ficariam juntos, de novo. Ao lado dela, se reergueria, voltaria a ser o que era. Desvairava.

Voltou à porta do prédio em que moraram. Esperava por Ana. Uma nova razão de ser. Reencontrar Ana, os filhos, o passado. A esperança renasceu, forte. Ela o ajudaria. Ela daria um jeito.

Capítulo XXI

Agora vivia unicamente para esse objetivo. Rompera com tudo. Com a calçada, com Liliane e Lília. Sem culpas ou remorsos. Sem olhar para trás. Uma raiva surda se apossara dele. Refazer o passado. Reviver sua casa, sua família.

Reencontrar Ana e as crianças. Quase dois anos já se haviam passado. Ela haveria de voltar algum dia, pensava. Ana nada sabia do que lhe acontecera. De suas desgraças, do despejo. Com certeza pensava que ele ainda lá estaria — na casa deles. Deveria querer nem que fosse o divórcio ou uma pensão para as crianças. Assim pensava Alberto e por isso deixou-se ficar nas imediações do prédio onde haviam morado. Tornara-se sombrio e agressivo, nada o interessava. Apenas aquele desejo, aquela obsessão em rever Ana, reencontrá-la, falar com ela, contar-lhe tudo, chorar-lhe as mágoas. Algum sentimento ela ainda deveria nutrir por ele. Nem que fosse a amizade ou o respeito que sempre os unira. Acreditava, em seu delírio, que falando com Ana alguma solução para os seus problemas ela haveria de encontrar. Juntos, eles poderiam rever muita coisa. Afinal, agora ele era outro homem. Ensandecido, tornava a passar pela porta do edifício. Só interrompia a espera incansável para conseguir comida. Semanas se passaram nessa estafante vigília. Só pensava nisso, só vivia para isso. Não voltou a ver Liliane, nem soube do nascimento do menino, forte e saudável, nascido na calçada por falta de tempo de chegar ao hospital, naquela mesma calçada onde fora concebido, sem assistência a não ser a de uma mendiga que estava por lá na difícil hora. Mas sobrevivera e trouxera à mãe um fiapo de vida e de esperança. Ela reviveu pelo menino e pela filha. Alberto sumira e ela nada podia fazer a respeito a não ser esperar. Ele voltaria. Alguma coisa lhe dizia que ele voltaria.

Ainda estava magoada e assustada pela rejeição feroz e descabida da última vez que se tinham visto. Sentira muito medo da inesperada agressividade dele. Do tombo que quase precipitara o parto. Do estranho olhar que ele então ostentava. Mas, ainda assim, era o mais gentil e suave dos homens que ela conhecera em toda sua vida. O único aliás. E decidira esperá-lo. Continuava muito triste por suas perdas, mas duas vidas dela dependiam. E resolvera viver. Assim retomou sua rotina, interrompida pela morte da filha e agora, pelo sumiço do seu amor. Arranjar o que comer, alimentar as crianças e a si própria, nisso consumiam-se as horas dos longos dias que se sucediam, lentos, nos quais a única alegria era saber que, a cada hora que se passava, mais próximo estava o seu reencontro com Alberto.

Mas ele de nada disso cuidava. Sua vida resumia-se às frenéticas caminhadas que repetia pela calçada defronte ao prédio onde fora tão feliz, onde tivera Ana, onde fora gente.

Andava e andava a passos rápidos até o final da rua. Atravessava para a outra calçada. Caminhava até o final. Retornava. Horas seguidas. Compulsivo. Até quase exaurirem-se-lhe as forças. Então, sentava-se no chão, visando a janela da sala, cabeça erguida, olhar fixo. Esperava ver uma sombra, um fiapo de vida, algo que lhe dissesse que Ana estava em casa. Ela haveria de chegar.

Mal comia. Só tratava desse assunto quando sentia-se desfalecer por falta de alimentos. Temia que as forças lhe faltassem, impedindo a vigília. Precisava estar sempre atento para não perder a hora da volta de Ana. Não, não podia perder nem um minuto, precisava estar sempre atento à sua chegada.

Abandonou, por completo, o pouco cuidado que ainda tinha com a aparência. Não trocara mais de roupa nem se lavara, desde a saída da calçada onde vivera os últimos meses. Deixara seus poucos trapos lá. Reduzira seus pertences à roupa do corpo. Que nem roupa mais era. Andrajos. Farrapos. Sujeira. Disso se vestia. De nada precisava mais, só de sua antiga vida. De Ana. Das crianças. Seus filhos, seus queridos e tão saudosos filhos. Apagara da mente a lembrança de Lilian e Lília, a quem aprendera a amar. Esquecera o filho que ia nascer — que já nascera — mas que ele negava completamente: afinal era o símbolo vivo da sua decadência, do quanto descera. Do quanto se deixara vencer. Tudo que o lembrava estes dois anos de vida estava abandonado. Rompera com esse passado recente que só o colocava frente a frente com a realidade que não podia e não queria aceitar.

Aos poucos as pessoas da rua começaram a perceber aquele homem tão esquisito, que não deixava de perambular, o dia todo, todo dia, de cima para baixo, de baixo para cima, numa calçada primeiro, na outra depois. À noite, dormia deitado no chão, sempre em frente ao mesmo edifício.

Horroroso, imundo, fedido. Insuportável a presença. Mas o que ele queria? As pessoas se indagavam assustadas. Reuniam-se em grupinhos de duas, três e espiavam aquele mendigo tão estranho. Interessante que ele nada pedia. Nem dinheiro, nem comida. Não falava com ninguém, mas quem perto dele passasse escutava-lhe com dificuldade, num murmúrio quase inaudível, sempre a mesma palavra — um nome: "Ana, Ana, Ana"... Louco, na certa.

E a maneira pela qual ficava, horas e horas, olho fixo, nas janelas dos apartamentos daquele prédio? Boa coisa, por certo, não quereria...

Em poucos dias, tornara-se o assunto de todos. Temiam-no.

A gente de bem precisava se precaver. Afinal, tanta criança por ali... E se fosse um demente, ou pior, um tarado? Bom da cabeça é que não era. Imagine só, dias e dias andando sem parar. Ou parando para olhar a janela. Falando sozinho... Sujo, decrépito, sem dentes, desgrenhado, barbudo.

Algumas crianças jogavam-lhe coisas pelas janelas dos apartamentos, protegidas e, em alguns casos, até incentivadas pelos adultos. Papel higiênico molhado, balões de aniversário cheios de água, pequenos pedaços de brinquedos quebrados, cascas de banana, até ovo já lhe haviam atirado... alguns o atingiam, outros não. Mas ele não reagia. Continuava andando, balbuciando sempre a mesma palavra, por vezes chorando, silencioso o pranto escorrendo-lhe pelas faces imundas, provocando uma marca mais clara no rosto escurecida pela falta de banho. Mas o olhar... o olhar causava medo.

Alguns se condoíam dele. Uma senhora, uma tarde, tentou falar-lhe, saber coisas. Queria ajudar. Mas ele apenas a olhou, absorto. Na verdade, nem lhe chegou a compreender o sentido das palavras. Nada podia distraí-lo. Ana poderia chegar e ele, então, não a veria.

Depois, compadecida de seu estado, começou a trazer-lhe comida. Toda tarde, descia trazendo, num prato de papel ou em alguma embalagem de isopor, o que sobrara do almoço. Feijão, arroz, um naco de carne. Farinha. Às vezes, uma banana ou um pedaço de pão para acompanhar. Temerosa, aproximava-se, com toda a cautela, pousando a refeição a uma distância prudente. Alguns passos apenas. Mecanicamente, quase sem perceber, o cheiro da comida o atraía. Devorava com avidez, sem sentir-lhe o sabor, olhos fixos na janela. Quando nada sobrava, ela lhe trazia um sanduíche, pão com mortadela. Um copo de leite, às vezes.

Um rapaz, jovenzinho até, lá pelos seus dezesseis anos, organizou uma lista de doações. Foi, ele próprio, de porta em porta, pelos prédios coletar um dinheirinho para o mendigo louco. Alguns deram, que tinham coração. Outros não, conscientes que estavam de que não se pode acostumar mal *essa gente à-toa*. Dessa forma é que ele nunca mais iria mesmo embora da rua. Tem gente que não abandona esse hábito de dar esmolas, incentivando os vagabundos a, cada vez menos, quererem abandonar a boa vida, o *dolce farniente*, comentavam entre si.

Alberto, de todo alheio às controvérsias, permanecia em seu posto, determinado, a cada momento mais e mais decidido. Comia para não morrer. Precisava manter-se vivo para reencontrar Ana.

Resolveram agir. Chamaram uma patrulhinha da polícia. Explicaram o caso. Apontaram-no.

Os guardas vieram ao seu encontro. Toda a rua espiava pelas janelas dos apartamentos. Chegaram e fizeram-no levantar-se. Era noitinha e Alberto acabara sua incansável rotina de vaivém. Como fazia sempre ao escurecer, sentara-se, as pernas em brasa, os pés latejando nos sapatos cheios de furos. Os policiais avisaram que poderiam prendê-lo por vagabundagem. A rua não era lugar para se ficar sentado. Era caminho, passagem... Nada de ficar ali, parado. Que caminhasse... Avisaram-no que não poderia mais fazer ponto ali, que os cidadãos já estavam incomodados. Que fosse e não mais voltasse.

Alberto só captou que estavam lhe tirando o direito de esperar Ana. A única coisa que o mantinha vivo. O único direito que lhe restava. A única e última esperança. Tentou falar, explicar quem era e por que estava ali. Logo, logo, tudo se resolveria, só precisava ficar ali. Apenas isso: ficar, esperar. O quanto fosse necessário. Era pedir muito?

Mas a voz não saiu. Um grunhido foi o único som que conseguiu emitir. Um dos guardas irritou-se. Empurrou-o com o pé, a bota do uniforme pressionando-lhe a coxa com violência. A dor fê-lo voltar a si e Alberto sentiu uma coisa estranha — uma espécie de calor interno, intenso, que subitamente o encheu de vigor e acordou-o da apatia e incomunicabilidade em que agora vivia. Um ódio surdo e uma vontade de lutar irreprimíveis dele se apossaram. Ninguém, ninguém no mundo iria impedi-lo de exercer esse direito — de esperar pela sua mulher. Ninguém!

Bruscamente, levantou-se. O ódio acumulado, a frustração e a loucura fizeram-no crescer em estatura e compleição. Estufou o peito, o olhar tornou-se brilhante e ensandecido. Os braços ergueram-se como duas garras, enormes, ameaçadoras. O grito de revolta, há meses preso na garganta, irrompeu-lhe do mais fundo da alma — apavorante, ensurdecedor, desumano. Contra tudo o que sempre fora na vida, Alberto neste momento era apenas um animal desarvorado, acuado, enlouquecido, defendendo sua última ligação com a lucidez e a humanidade. Por que ninguém o ajudava? Por que ninguém acreditava nele? Só queria poder ficar ali e esperar Ana. Não pedia mais nada. Tinha perdido tudo, mas aceitara. Lutara e perdera. A sociedade o empurrara para baixo, com força implacável. Fora expelido da vida e não o deixaram retornar. Tiraram-lhe a casa, a mulher, os filhos, por fim a dignidade e a vergonha. A avalanche puxara-o, mais e mais, rampa abaixo. Como a água da chuva nos violentos temporais de verão no Rio de Janeiro. Lutara para não ser vencido. Tentara preservar sua honestidade e isso, conseguira. Nada fora empecilho para continuar lutando. Nem as iniquidades ou a insensibilidade das pessoas que o tinham traído. Ele lutara. Deus sabia o quanto ele lutara. Para comer, para viver, para manter-se limpo, honesto, digno. Nada lhe sobrava agora, apenas o direito de ir e vir. Por que não podia ficar ali, quietinho na calçada, esperando Ana? Por que não o deixavam em paz? Nada de mal fizera a quem quer que fosse. Aprendera a não julgar os outros. Queria que também não o julgassem. Apenas isso, nada mais. Ele era Alberto, o engenheiro, por que não o reconheciam, por que ninguém sabia quem ele era?

Com duas possantes e curtas passadas, agarrou o guarda que o empurrara. Agiu de forma tão rápida e inesperada que não houve tempo para qualquer esboço de reação. As mãos imundas seguraram firme o pescoço, formando um sólido, largo e firme anel. Sua força multiplicada geometricamente pelas raivas acumuladas e pelas injustiças sofridas iniciou um processo de asfixia — impossível escapar. O corpo do homem começou uma série de espasmos cada vez mais fortes e descontrolados. Alberto em nada mais pensava, só no prazer que sentia. E aumentava mais e mais a pressão. Sentia o ruído surdo de estruturas sendo esmagadas. E comprazia-se e apertava com mais e mais vigor.

Segundos se passaram até que o outro policial, imobilizado pela incredulidade e pela surpresa, se recuperasse — quando acreditaria que um mendigo esquálido e desnutrido teria aquela força e tamanha flexibilidade? Com que presteza saltara do chão e alcançara o seu companheiro? Inacreditável... De estatura mediana, de repente parecera-lhe vê-lo crescer, agigantar-se. E como um felino, de um salto, alcançar o pescoço do outro, que era o dobro do seu tamanho... Tinha que agir de imediato. O homem estava, sem dúvida, possuído... Atracou-se com ele, por trás, tentando, desesperado, soltar o companheiro daquele abraço sem retorno. Mas Alberto não parecia humano. O policial chutou-o com ambos os pés, esmurrou-lhe violentamente as costelas, aplicou-lhe violento pontapé na altura dos rins, engalfinhou-se com ele, tentando torcer-lhe os braços para trás, mas tudo foi em vão. Parecia que o fedorento nada sentia. Não tinha opção. Em segundos, o amigo estaria morto. Os olhos já lhe saltavam das pupilas, a respiração cessara, a língua mexia-se, espasmódica, projetada para fora da boca. Era agora ou nunca.

Um silêncio mortal tomou conta de todos na rua. Assustados e emudecidos, permaneceram estáticos, pressentindo e temendo o que estava por vir.

O policial sacou a arma, encostando-a na têmpora do louco. Avisou, pediu que soltasse o colega. Estava berrando, desesperado.

Alberto surdo, imune a qualquer apelo da razão. Concentrado, fazendo bem-feito, como tudo o que fazia e fizera na vida. Com afinco, com dedicação. Com eficiência.

Um tiro ecoou. À queima-roupa. Certeiro.

Um baque suave se fez ouvir. O corpo de Alberto, magrinho, sujo, irreconhecível, desabou.

Chegara ao final da rampa.

Este livro foi composto na tipologia CaslonOldFace
BT, em corpo 12,5/16, e impresso em papel
off-set 75g/m² no Sistema Digital Instant Duplex
da Divisão Gráfica da Distribuidora Record.